KB057848

모든
국적의
친구

걸어본다
08
파리

모든 국적의 친구

내가 만난 스물네 명의 파리지앵

김이듬 에세이

난다

차 례

장미 노래는 많다

나는 가시를 노래하고 싶다

— Olav H. Hauge

prologue

나는 작년 4월 말부터 18일간 파리에서 열린 제13회 발드마른 국제 시인 비엔날레13e Biennale Internationale des Poètes en Val-de-Marne 초청을 받아 갔다가 일정 중의 한 장소인 로맹 롤랑 도서관Médiathèque Romain Rolland에 가게 되었다. 로맹빌에 있는 로맹 롤랑 도서관에서 낭독회를 하려고 마이크 테스트를 하고 있을 때 가엘Gaëlle Rhizome이 다가왔다. 그녀는 그 도서관의 사서로서 낭독 행사를 위해 초청장을 발송하는 일부터 텍스트를 미리 읽고 복사하는 일 등의 책임을 맡았는데, 나를 보자 몹시 흥분하며 특별히 나를 기다렸다고 했다.

"나는 네 시가 너무 좋아서, 딱 내 취향이라서 너를 무지무지 기다렸어." 가엘이 유창한 영어로 말했다. "넌 한국말을 전혀 못하니?" "응! 내 부모가 한국어를 배우지 못하게 했어." 그녀는 한국에서 프랑스로 서너 살 무렵 입양되어 왔기 때문에 한국어는 말할 것도 없고 한국에 대한 기억이 거의 없다고 했다. 자신을 프랑스인도 한국인도 아닌, 아무것도 아닌 것처럼 느낄 때가 많다며 한숨 쉬었다. 한국에 대한 무의식적 거부감이 있었으리라. 우리는 자주 만나며 의자매처럼 가까워졌는데, 하루는 파리 북쪽 일드프랑스Île de France를 함께 다녔다. 프랑스의 아프리카라고 불리는 몽트뢰유Montreuil 지역에 있는 마담 리(자신을 'Madame Lee'라고만 소개하는 그녀는 19년째 몽트뢰유에서 한국 식당을 운영중이다. 그 식당은 예술가에겐 밥값을 깎아준다. 거리의 고아들, 맞벌이 흑인 자녀들이 식당으로 와서 낮 시간을 보내며 책도 읽고 밥도 먹는다. 사설 무료 유치원 같은 곳) 식당에 갔다. 가엘은 내 손을 잡고 말했다. "이듬! 난 너를 만나고 나서 처음으로 한국말을 배우고 싶어졌어. 그 말소리가 음악처럼 아름답게 느껴져. 한국을 미워하지만은 않을 거야." "네 부모님도 찾고 싶니?" 가엘은 더이상 아무 말도 하지 않았다. 나는 나의 모국어가 미워졌다. 그날은 2015년 7월 11일, 토요일이었고 미루고 미룬 귀국을 나흘 앞둔 저녁이었다.

고향을 잃어버린 사람들, 이방인들, 버림받은 아이들…… 나는 이들이 지닌 심장을 나도 지녔다고 느낀다. 나의 유년에 불어닥쳤던 어려움이, 부모로 말미암은 시련이 나로 하여금 다른 데로 떠밀려간 이들을 향한 천진하고 열정적인 사랑을 가능케 한 것 같다. 나의 시詩라는 엉망진창이고 보잘것없는 국가, 그럼에도 불구하고 나에게는 내 목숨과 같은 시의 나라에 나는 내 모국어로 이들을 초대하고 환대하여 살게 한다. 나는 나 자신이 사라져도 괜찮다고 여기며 쓴다.

파리에 함께 갔던 황지우, 강정, 심보선 시인은 발드마른 비엔날레의 공식 일정을 마치고 귀국했지만 나는 혼자 남았다. 파리에서 공부중이던 한국 유학생이 모친의 병환으로 잠시 한국에 가 있는 동안, 비어 있는 그 방에서 혼자 특별한 계획 없이 지냈다. 한여름의 파리는 더웠고, 빌리에Villiers 전철역에서 멀지 않은 곳에 있는 낡은 숙소는 날리는 먼지마저 뜨거웠으며, 복도에는 팔뚝만한 쥐들이 설쳤기 때문에 방문을 열어놓을 수가 없었다. 나는 주로 공원 잔디밭에 누워 있거나 에어컨 시설이 있는 프랑스 국립도서관에서 책을 보며 모처럼 지루하다 싶을 정도의 태만을 즐기곤 했다. 우연히 도서관 내 카페에서 만난 사람과 공연을 보러 가기도 했고 미술관에서 마주친 유학생들과 커피를 마시기도 했으며 비엔날레 행사 기간에 알게 된 작가의 초대로 그의 집에서 만찬을 즐기며 다른 장르의 예술가들을 만날 수 있었다. 가엘은 수시로 연락을 해서 나를 데리고 파리 외곽으로 드라이브를 가거나 예술가들의 스콰트squat에 가서 그들에게 나를 소개했다. “이 사람은 한국에서 온 나의 언니예요”라며 목청을 높여 시끄러운 불어로 떠들었다. 나의 의지나 노력 없이 나를 둘러싼 공기 속으로 파문을 일으키며 다양한 이들이 다가와 말을 거는 신비한 날들이었다.

나는 석 달 가까이 파리에 머물다 2015년 7월 중순에 한국으로 돌아왔다. 그 며칠 후 홍대 근처에서 김민정 시인을 만났다. 우리는 시인으로서 서로 자매처럼 지낸다. 그녀는 내게 여행이 어땠는지, 계획도 없이 갔다가 왜 그렇게 오래 파리에 머물다가 왔는지를 물었고 나는 값싸게 지낼 수 있는 빈방이 생겨서 즉흥적으로 연장 체류했다는 사실을 말하며 파리에서 보낸 심심했던 날들과 간헐적으로 충격을 주었던 이들과의 자연스러운 만남을 털어놓았다.

김민정 시인의 제안으로 나는 이 인터뷰 책을 쓰게 되었다. 파리에 관해서는 나보다 더 잘 아는 작가가 비일비재하고 파리의 명소나 골목까지 꿰고 있는 사람들이 많겠지만, 나는 내가 마주친 뜻밖의 사람들과의 대화를 옮기는 일상적이고 소박한 일을 하려 했다. 예술과 자유, 패션과 음식, 그리고 낭만에 관하여 잘 말할 수 없어서 파리에서 살아가는 그들의 목소리로 실제의 파리를 전하고 싶었는지 모른다. 내면에 가득한 나의 외로움과 어디서든 느끼는 이방인으로서의 자의식이 낯선 이들의 목소리에 몰입하게 했다. 세월의 눈보라 속에서 나는 기억의 장작들을 패고 쪼개어다 태웠다고 생각했지만, 버려진 사람들과 마주치면 또다시 새로 나의 혀와 몸뚱이를 이끌고 그들 속으로 망명하게 된다.

나는 김민정 시인의 도움으로 다시 파리행 비행기 티켓을 끊었고 10월 한 달 동안 허름한 숙소에 머물며 본격적으로 인터뷰를 시작했다. 지난여름에 만났던 이들을 또다시 만나서 인터뷰를 하거나 새롭게 다른 사람을 내가 먼저 찾아 나섰다. 왜 이렇게 되었는지, 찾았다기보다는 우연히 맞닥뜨려진 이들이다. 그러나 10월의 파리는 춥고 우울했으며, 내가 머물던 숙소 아래층의 중국인 매춘부들처럼 나를 경계하는 사람들과의 불협화음도 있었다. 그 어두운 일들이 나에게 파리의 생생한 모습을 볼 수 있게 했다. 여기에 나는 24명의 사람들을 불러내었다. 인터뷰를 시도했으나 응하지 않은 이들도 적지 않았다. 나는 영어로 인터뷰한 내용의 녹취를 풀었는데 불어로만 말할 수 있는 사람(아미나Amina Rezig)의 경우에는 파트리크Patrick Maurus 교수의 통역 도움을 받았다. 프랑수아즈 위기에Françoise

Huguier의 경우는 영어보다 불어가 더 편하다고 하여 급히 파트리크에게 연락했으나 그가 강의중이어서 은지에게 통역 도움을 받았다.

나는 가엘이라는 입양 여성을 내 심장으로 환대함으로써 이 글을 시작할 용기를 가졌는데 파트리크의 배려와 도움, 그를 처음 만나게 해준 조재룡 비평가의 소개, 사진작가 위성환의 열정, 시인이자 편집자 김민정의 굳건한 지지와 우정이 없었다면 마무리할 수 없었을 것이다. 소르본 누벨 Sorbonne Nouvelle 대학에서 음성학을 전공하는 유학생 김보라의 이름을 적는다. 내게 방을 내어준 숙녀. 파리에서 생계를 위해 아르바이트하며 어렵사리 공부하는 친구들 중 한 명.

인터뷰 내용을 가감 없이 옮기고 해당 인터뷰 즈음에 쓴 시나 짧은 산문을 덧붙인다. 인터뷰 장소는 간략하게 설명했다. 인터뷰이들과 파리 유명 관광지보다 불편한 곳에 오래 머물렀던 것 같다.

좋은 구두가 좋은 곳으로 데려간다는 말을 들은 적 있는데, 나의 경우엔 나의 시가 나를 내가 모르는 곳으로 데려가는 것 같다. 가령 10여 년 전에 썼던 「물류센터」라는 시 속의 화자를 내가 로맹 롤랑 도서관에서 운명적으로 만난 것처럼.

2016년 6월

김이듬

물류센터

난 화물, 썩은 물 흐르는 컨테이너다
출하되자마자 급하게 포장해서 운반되어진
뭐든지 입으로 가져가던 음식물 분쇄기이다
영세한 가내공장에서 만들어져
교회 입구에 유기되었음직한 재봉이 터진 우주복
세심하게 기록을 살펴볼수록 모호한 출처
유아간질 히스테리 증세만 아니었어도
미끄럼틀에서 내려 캐나다나 미국쯤 수출되었을 성가신 짐짝
어디로 수송중인지 꽉 막혀버린 골방
나는 처박아넣기 쉬운 형태로 묶인 채
이렇게 사창의 밤 야적장을 통과하여
드디어 거대한 물류센터에 도착하면
이 물건은 대체 뭐였던 거야 아무것도 아니잖아
하역을 하다 처리비용도 필요 없이 아주 넘겨질
표류물, 일종의 유기체였던, 다분히 정치적이었던

—『별 모양의 얼룩』(천년의 시작, 2005)

에마뉘엘 페랑Emmanuel Ferrand

프랑스 파리6대학 수학과 교수 겸 사운드 아티스트

일시 | 2015년 10월 5일.
장소 | 파리 피에르와 마리 퀴리 대학Université Pierre et Marie Curie, UPMC. 지하철 쥐시외Jussieu 역에 위치한 공립 이공대학으로 파리 제6대학이다. 여기서 조금만 걸으면 센 강이 있고 그 사이에 프랑스 대표 건축가 장 누벨Jean Nouvel의 걸작이라 불리는 아랍 문화원Institut du Monde Arabe이 있다. 대학가이지만 주위 환경은 조용하고 차분한 편이다. 쥐시외 역에서 도보 7분 정도의 거리에 파리 이슬람사원La Mosquée de Paris이 있는데, 어느 날 나는 사원에서 운영하는 찻집에서 민트티 한 잔으로 목을 축이고 근처 파리 식물원Jardin des Plantes을 산책했다. 몽주 약국Pharmacie Monge도 근처에 있다.

조명을 켰다. 검은 고양이 한 마리가 기어와 내 발치에 엉경퀴처럼 붙었다. 에마뉘엘이 들고 있는 비디오카메라 쪽으로 시선을 두지 않은 채 나는 「푸른 수염의 마지막 여자」 「히스테리아」 「엔딩 크레디트」 이렇게 시 세 편을 읽었다. 에마뉘엘은 어깨를 으쓱하고는 충분치 못하다는 표정으로 "음향이 관건인데……"라고 중얼거렸다. 그는 직선적인 사람이 아니어서 표현도 완곡하게 했다.

라 제네랄La Genérale이라는 폐공장 같은 곳에서 나는 어디에 쓸지도 모르는 필름 속에 덧없이 사라질 순간을 녹화했다. 에마뉘엘이 발드마른 국제 시인 비엔날레의 개막식 포스터에 사용된 내 사진이 마음에 들어 그런 제안을 했을 거라고 짐작하지만 확인해보지는 못했다. 그는 호감이나 호기심을 잘 드러내지 않는 침착한 사람이었다. 나의 성향과는 대립적이라고나 할까. '왜 하필 나를 불렀을까?' 아무튼 바닥에는 검은 고양이가 있었고 좀더 밑에는 미스터리가 있었다.

그렇게 그를 만난 후 두어 달이 지났다. 오늘 나는 학교로 가서 그를 인터뷰하기로 했는데 꽁무니를 빼고 싶다. 머리가 마비된 듯 혼미한데 꼬리를 물고 오는 잡념은 뭔지. "나 잠깐만 죽을게/ 단정한 선분처럼"(「수학자의 아침」, 『수학자의 아침』, 문학과지성사, 2013) 김소연의 시가 떠오른 건 에마뉘엘이 수학자이기 때문만은 아니겠지.

K | 반갑다, 에마뉘엘. 지난여름에 당신이 나를 라 제네랄로 초대하여 손수 만든 점심 식사를 대접해주었고 나의 작품을 녹음할 기회를 줘서 고마웠다. 오늘은 내가 당신을 잠깐 인터뷰하려고 한다. 방금 강의를 마쳤는데 피곤하지는 않은가?

E | 나는 괜찮다. 난 이듬을 다시 만나서 굉장히 반갑다. 무슨 질문을 해도 난 솔직히 답변하겠다. 그리 긴 인터뷰는 아니겠지? 인터뷰 마치고 강의실과 학교를 둘러본 후에 교문에서 10분쯤 걸어가면 있는 파리 전통 레스토랑에서 저녁 식사를 하자. 내가 예약해두었다.

K | 좋다. 그러자. 당신은 언제 파리로 왔는가? 당신의 고향과 가족에 대해 말해주겠는가?

E | 나는 1969년 11월 9일에 오를레앙Orléans에서 태어났다. 파리에서 남쪽으로 1백 킬로미터 정도 떨어진 곳에 위치한 이 도시는 굉장히 오래됐다. 나는 그곳에서 18세가 되던 해까지 지냈고 공부를 위해 파리로 옮겨왔다. 나의 부모님은 프랑스 서부 대서양에 면해 있는 라 로셸La Rochelle이

라는 곳 출신이고 이곳은 굴로 유명하다. 나는 비록 결혼하지는 않았지만 열 살, 열여섯 살, 스물한 살 된 세 명의 아이들의 아버지다. 나는 파리에서 떨어진 근교에서 그들의 어머니와 표준적이지(일반적이지) 않은 관계를 맺으며 함께 살고 있다.

K | 파리에서는 동거하며 자식을 낳아도 문제가 없을 뿐 아니라 법적으로 혜택이 주어진다는 말을 들은 적 있다. 당신의 아내, 아니 여자친구는 한국인인가? 당신이 한국에 대한 관심이 유별난 것 같아서 묻는 질문이다.

E | 아니다. 그녀는 프랑스 여성이고 독립적인 페미니스트다.

K | 당신은 2010년에 한국과 프랑스의 예술가들이 함께 참가한 행사 〈직선은 원을 살해하였는가〉를 기획했다. 그것은 이상李箱 탄생 100주년 기념 행사였고 그와 관련한 문학 세미나, 전시회, 음악회 등이 다채롭게 열렸다고 들었다. 당신이 주도적으로 기획했다고 하던데 어떻게 시인 이상을 알게 되었으며 그 기획은 파리에서 어떤 의미를 확산시켰을까?

E | 나는 우연히 '이상'이 쓴 한 구절을 완전히 관련이 없는 책(스위스 작가 롤랑 자카르Roland Jaccard가 쓴 무성영화 배우 루이스 브룩스Louise Brooks에 관한 책)에서 읽었다. 나는 그(이상)가 완전히 수학적 목소리로 말하는 것에 반했다. 나는 유럽에선 생소한 작가인 이상의 작품집을 구하려고 애쓰다가 백 부만 간행됐던 프랑스어 번역 시집 『오감도』를 찾아 읽었고 시와 수학의 기묘한 결합에 즉각적으로 끌렸다. 그리고 이 시인이 자신을 수학의 언어와 기하학을 이용해 표현하고 있음을 이해했다. 그 당시 나는 독립 예술 공간 라 제네랄을 방문한 한국에서 온 예술가들을 만날 기회가 있었

다. 우리는 함께 시와 음악, 음식, 시각예술 등을 포함하는 교류 행사를 조직했고, 당시 파리8대학에서 전시 기획을 전공하던 김조은씨에게 파리에서 이상을 널리 알리는 예술 행사를 함께 열자고 제안했다. 이상은 1930년대 한국이라는 시공간에 얽매이지 않고 모든 시대와 장소를 포괄하는 작가이기 때문에 행사 기간 내내 라 제네랄을 전시 및 공연 장소로 제공할 만큼 현지 예술계의 호응이 컸다. 나는 2010년에 처음 서울을 방문했고 그 이후로 여러 번 왔다갔다하며 한국 문화 애호가가 되었다. 나는 파리에서 〈막걸리 컨퍼런스〉 행사와 〈김치 담그기〉 같은 행사도 열었으며 2013년 비빔전展을 통해 한국 작가들을 프랑스에 소개했다. 난 한국에 대한 끊임없는 관심과 네트워크를 펼치고 있다. 실제로 라 제네랄을 통해 프랑스와 한국의 활발한 교류가 일어나고 있다. 나는 김훈, 성기완, 김광현, 강은정, 박현정 등 많은 예술가들과 만났다.

K | 그런 행사는 어디에서 이루어지는가? 학교? 아니면 라 제네랄인가?

E | 학교에서 나는 수학과 교수로서 전공 관련 강의와 세미나로 몹시 바쁘다. 그런 문화 행사나 전시는 라 제네랄에서 이루어진다. 나는 그곳의 운영위원으로 예술 기획과 진행을 맡고 있는데, 당신도 가봐서 알겠지만, 그곳은 전시 및 촬영, 세미나 등을 개최할 수 있고 주방과 레지던스룸이 마련되어 있는 파리의 대안 공간으로, 작가들의 레지던스 공간이다. 레지던시 및 오픈 스튜디오는 파리 시 소유의 창고 건물을 리모델링한 것으로 예술가들은 파리 시에 최소한의 임대료만 지불하고 이곳에 거주하며 작업 및 전시, 공연을 위한 다목적 공간으로 활용하고 있다. 우리 그룹은 백여

에마뉘엘의 연구실에는 김기영 감독의 영화 시디 옆에 즉석밥, 깻잎 통조림, 오미자차 등이 있었다. 대도시 파리의 중심가에 있는 대학 연구실에서 혼자 한국 음식을 먹는, 내장탕과 메밀국수도 좋아하는 의외의 프랑스 남자. 그를 따라서 건물 옥상으로 올라갔다. 멀리 에펠탑, 몽마르트Montmartre, 팡떼옹Panthéon, 파리 노트르담 대성당Cathédral Notre-Dame de Paris도 보였다. 아마도 파리에서 가장 전망이 좋은 곳.

명의 구성원이 있고 외국에서 온 예술가들, 물론 한국에서 와서 작업을 하고 전시와 공연을 하고 간 사람들도 많다. 주소는 La Générale, 14 avenue Parmentier 75011 Paris인데 예전엔 경찰의 강제 퇴거 명령이 있었고 최근에는 임대료 문제가 생겨서 좀더 외곽인 일드프랑스로의 이전을 계획하고 있다.

K | 그렇다면 당신의 주된 활동은 무엇인가? 정체성이 뭔가라고 하는 다소 낡은 질문일 수도 있겠다. 당신은 학자인가, 예술기획자인가? 아니면 예술운동가인가? 그리고 당신은 지난번에 만났을 때 탈관습적 즉흥 연주를 시도하며 파동, 화음, 이중분기, 혼돈에 관심이 있고 수학, 사운드, 그리고 전기·전자적 소음의 음악을 창출한다고 했다. 그렇다면 뮤지션인가?

E | 나는 내가 하는 일을 '리서치'라고 부른다. 내가 수학(위상수학, 기하학 등)에 기여한바, 운 좋게 대학에서 지원을 받고 있다. 내게 수학은 일종의 '정신위생'이다. 이것은 세상을 보는 한 가지 방법이다. 불교와 도교의 명상, 또는 비종교적인 어떤 정신 수련과 조금 닮았다. 수학은 세상을 표현하는 방식, 사물과 현상에 대한 분석의 도구일 뿐만 아니라 발명의 산물이기도 하다. 다시 말하지만, 내가 하는 일들은 모두 일종의 리서치이다. 새로운 것을 배우고, 새로운 사람을 만나는 것 등도 마찬가지다. 나는 우연히도 음악과 음향 처리에 대해 배울 수 있었다. 이것은 내 삶에서 사고(우연히, 갑작스레 일어나는 일)와도 같았다. 나는 수학에 있어서 운 좋게도 시기적절하게 좋은 사람들을 만나왔고 음향 예술 활동 또한 그런 식으로 내 연구중에 운 좋게 만난 것 중 한 가지이다. 어떤 면에서, 당신과 같은 사람을 만나는 것도 이러한 연구와 관련이 있다. 나는 너에게 명확한 무

언가를 바라고 만나는 것이 아니다. 반면 나는 어떤 예상치 못한 것들에 대해 열려 있다. 그저 무언가가 일어날 것 같다는 직관을 따른다. 이러한 리서치 활동은 프리드리히 니체의 "wandering"이란 개념과 연관이 있을 것이다.

K | 아, 나도 니체를 좋아한다. 그는 『차라투스트라는 이렇게 말했다』라는 책에서 인간을 '헤매는 이'로 비유했다. 나는 "인간은 방황하는 동안 살아 있다"는 말을 수첩에 적어놓은 적도 있다. 그는 "인간의 위대한 점은, 인간이 다리이지 목적이 아니라는 데 있다. 인간의 사랑할 만한 점은, 인간이 건너감이고 몰락이라는 데 있다. 나는 오로지 몰락하는 자로서만 살아가는 이들을 사랑한다. 그들은 저편으로 건너가는 이들이기 때문이다"라고 했는데 당신의 "wandering"은 그러한 의미로의 방황하는 인간인가?

E | 일정 수준의 지적 해방을 얻은 사람들은 이 세상에서 그들 자신을 방랑자 이외의 다른 것으로 여기지 못할 것이다. 그러므로 나는 마지막 목표라는 것이 없는 여행객과 닮았다. 그러나 그들은 세상에 실제로 일어나는 모든 것들을 관찰하고 그것들에 신경을 쓰길 원할 것이다. 따라서 그들은 개별적인 것들에 너무나 확고히 매여 있지 않으며 스스로를 방랑하도록 하고 그것은 변화와 일시적임의 기쁨을 준다.

K | 우리의 대화가 꽤나 무거워지는데, 이제 나는 거의 마지막 질문을 앞두고 있다. 당신은 나를 위해 걸으며 사색하기 좋은 거리나 아름다운 장소를 가르쳐줄 수 있나?

E | 나는 파리 전체가 산책하며 생각하거나 얘기 나눌 수 있는 곳이라고 여긴다. 가장 아름다운 곳은 네가 우연히 발견하는 바로 그곳이다. 물론 나

는 너를 몇몇 장소에 데려갈 것이지만 우리가 계획되지 않은 장소를 방문할 때 두 갈래로 나뉠 것이라고 예상한다. 사람마다 좋아하는 장소가 다르고 개별적이며, 그건 매혹적인 현상이다.

K | 마지막 질문이다. 당신의 프로필을 간략하게 말해달라.

E | Emmanuel Ferrand, wanderer. (나는 그의 마지막 답변을 "나는 에마뉘엘 페랑, 방랑자이다"로 번역해본다. 방랑자라는 번역으론 다 담을 수 없는 어휘인 줄 알지만.)

그와 저녁을 먹고 헤어진 후 나는 파리 제6대학 근처에서 40분 정도 걸어서 숙소로 왔다. 가을밤의 차가운 바람이 불다가 비가 내리기 시작했다. 나는 우산이 없어서 그대로 젖은 채 걸어보았다. 숙소로 돌아와서 씻고 녹취를 풀어 정리하려다가 가방에 든 스티커를 발견했다. 라 제네랄의 슬로건인 'rendez l'argent'라는 문장이 적힌 것이었는데 '돈을 돌려달라'라는 뜻 같았다. 불현듯 나는 그 숨은 의미가 궁금해서 그에게 이메일로 질문을 보냈다. 슬로건이 뜻하는 바가 무엇이냐고.

그리고 밤을 새워 녹취를 풀었고 해가 뜰 무렵에는 「젖은 책」이라는 시를 한 편 썼다. 청탁이 오면 발표해도 좋겠다고 생각했다.

에마뉘엘에게서 온 답변을 여기 그대로 인용하고 한국어로 옮겼다.

> About La Genérale :
>
> the direct translation is "Give the money back", but in our con-

text, it does not mean anything precise, and it looks odd. Nobody remembers why we print this in our stickers. At the begining it was just a kind of absurd joke. After a while it became like a slogan. This is no precise meaning, it makes people ask question, it makes them think, and they can imagine their hypothesis and answers.

In my case, I imagine it refers to some “pirate” way of life.

Another interpretation would be that in La Generale we want to stay away from the capitalist / liberal system, and we try to imagine other way to deal with money.

라 제네랄에 관하여 :

직역하자면 ‘그 돈을 돌려달라’라는 뜻이지만, 우리 문맥 속에서 그것은 어떤 정확한 의미를 가지지 않으며, 이상하게 들린다. 어느 누구도 우리가 왜 스티커에 이 글귀를 써넣기 시작했는지 모른다. 처음에는 그저 우스꽝스러운 말장난이었다. 그러나 얼마 후 슬로건처럼 되었다. 이것은 정확한 의미는 없지만 사람들이 질문을 던지도록 하고 그것에 대해 생각하고 추측하여 자신들만의 대답을 내리도록 한다.

나는 이 문구가 일종의 ‘해적’과 같은 삶의 방식을 의미한다고 생각한다.

다른 해석으로, ‘라 제네랄’에서 우리는 자본주의 자유경제 체제에서 벗어나 돈을 다루는 다른 방식을 상상하고자 한다고도 볼 수 있다.

젖은 책

젖은 발로 물이 차오르는 길을 걷는다 어두컴컴하고 좁은 골목이 길이 맞나 낮은 지대에 있는 내 방은 만조 때마다 바닷물에 잠겨버리고 나는 집을 찾아 헤매곤 한다

물에 뜬 책상 앞에서 물에 뜬 의자에 앉아 나는 장화에 담긴 물을 마시며 편지를 쓴다 묶어놓은 편지 다발이 젖었다 너의 고양이가 젖은 책의 젖가슴 위에서 잠을 잔다고 쓴다 암청색 달빛이 젖은 책의 아홉 개 문으로 스며든다

—2015년 10월 6일, 새벽에

암나 디라르Amna Dirar

이날코 대학 한국학과 대학원생

일시 | 2015년 10월 7일.
장소 | 파리 8구. 메트로 2호선 몽소Monceau 역. 몽소 공원Parc Monceau. '몽소 갈래, 쇼몽 갈래'라는 말이 있을 정도로 파리의 연인들이 뷔트 쇼몽 공원Parc des Buttes-Chaumont과 함께 데이트 코스로 가장 많이 찾는다는 공원. 그만큼 조용하고 아름답다. 좁디좁은 파리 안에 이런 공원들이 많이 존재함은 분명 파리를 더 매력적으로 만드는 요소 중 하나다. 이따금씩 사르코지 전 프랑스 대통령이 수행원들과 이곳에서 조깅을 한다고 한다.

완연한 초가을 오후다. 나뭇잎은 천천히 물들어가는데 이르게 떨어져 바람에 흩어지는 낙엽도 있다. 며칠 내내 비가 오락가락하니 우울해지기 딱 좋은 날씨였는데 오늘 모처럼 날이 맑다. 심지어 햇살이 찬란하게 퍼지고 있다. 공원에는 나들이 삼아 산책하러 나온 사람도 많다. 암나와 나는 몽소 공원 풀밭에 앉았다. 오늘따라 유모차를 끄는 흑인 여성이 유난히 눈에 많이 띈다. 이들은 백인 가정의 아기를 돌보는 베이비시터들이다. 유모차에 타고 있는 애들은 열에 아홉은 백인이다. 암나도 베이비시터 아르바이트를 오랫동안 했다고 한다. 우리는 지난 5월에 만났다. 암나는 발드마른 비엔날레에서 한국 작가들의 통역을 맡아서 일해주었는데 내가 귀국하면서 연락이 끊겼다가 오늘 다시 만난 것이다. 그러니까 근 석 달 만의 해후구나.

K | 나와줘서 고마워. 못 본 사이 더 예뻐졌네! 자, 이거 받아. 서울 인사동에서 자개가 예뻐서 사왔어.

A | 어, 뭐예요?

K | 선물이야, 손거울! 지금 학교에서 오는 길이니?

A | 너무 예쁘네요. 감사합니다. 오늘은 수업이 없었어요. 알바하고 오는 길이에요.

K | 지금 이날코INALCO=Institut National des Langues et Civilisations Orientales 석사과정이지?

A | 네. 5학년이니까 한국식으로 하면 대학원 석사과정 졸업논문 쓰는 중이에요. 소설 번역 쪽인데 천운영의 「젓가락 여자」라는 소설이에요.

K | 너 이날코 대학 수재잖아. 일등 맞지? 요즘 알바는 뭐 해?

A | 오를리 공항Aéroport de Paris-Orly 면세점 향수 매장에서 일해요.

K | 거긴 집에서 멀겠다. 너희 집은 북쪽이지?

A | 네, 맞아요. 나는 18구 몽마르트 근처에서 부모님과 같이 살아요. 언니는 결혼했고. 참, 언니도 한국말 공부했었어요.

K | 이런 거 물어봐도 돼? 부모님은 뭐 하시니?

인사동에서 산 손거울을 보며 웃는 암나. 그녀는 인사동보다 홍대 앞을 좋아한다. 거기가 파리보다 안전하다고 했다. 새벽까지 즐겁게 놀 수 있고 문 연 식당도 많고 재밌는 사람도 많다며. 나아가 한국 문화를 격찬하는데…… 나는 그냥 웃었다.

A | 아빠는 매니저였고 엄마는 중동 요리 요리사였어요. 아빠는 수단 사람이고 엄마는 이집트 사람. 두 분은 레바논에서 결혼하고 프랑스에 오셨죠.

K | 그럼 넌 레바논에서 태어났니?

A | 아니요, 나는 프랑스의 뇌이쉬르센Neuilly-sur-Seine에서 태어났어요. 파리 근교예요.

K | 어떻게 한국말을 공부하게 됐어?

A | 난 원래 아시아 문화에 관심이 많았어요. 일본어, 중국어, 한국어 중에서 고민하다가 한글이 쉽고 그 소리도 좋아서 시작했죠.

K | 한국에도 가봤어?

A | 한국엔 세 번 가봤어요. 2011년, 2014년 9월에는 한 달간. 세 번인데 한 번은 기억이 안 나요. 서울 홍대는 새벽까지 식당도 열고 클럽도 많고 사람들도 많이 다니고 그런데도 파리보다 훨씬 안전한 것 같아요.

K | 넌 스트레스 받으면 뭐 하니?

A | 밥 많이 먹고 실컷 자요.

K | 그러니까 살찌지.

A | 빼야 할 텐데 걱정이에요.

K | 남자친구는?

A | 지금은 없어요.

K | 결혼에 대해서 어떻게 생각해?

A | 언니는 결혼했지만 난 아직 결혼에 관심이 없어요. 결혼보다 좋은 일자리 찾고 싶어요. 한국어와 관련된, 가령 번역이라든지 통역 일 같은 거요. 그런데 파리에서도 서울처럼 취업이 어려워요.

K | 가장 슬펐을 때는 언제니?

A | 별로 기억이 안 나요. 내 모토는 행복하게 살자거든요.

K | 네 인생에 롤모델이 있어?

A | 엄마요. 처음엔 몰랐는데 살아보니까 어려운 일을 씩씩하게 잘 이겨낸 분이세요. 레바논에서 요리사로 일하다가 전쟁이 나는 통에 파리로 도망오셨죠.

K | 엄마가 중동 요리사였다는데 엄마가 해주는 요리 맛있어?

A | 난 파스타 제일 좋아해요.

K | 술 담배도 해?

A | 아뇨, 돈이 없어서 안 해요. 나는 장학금으로 학교 다니며 용돈을 전혀 받지 않고 아르바이트로 생활해요. 오를리 공항 면세점 일을 하기 전에는

맥도날드에서 일했어요. 거기 대우가 좋은 편이에요. 그전에는 베이비시터(저기 유모차 안의 애들은 백인이잖아요. 그런데 끌고 다니는 사람은 다 흑인 아니면 동양인이죠? 저런 아르바이트 많이 해요)나 다른 집에서 청소, 빨래, 집안일 거의 다하는 것도 했어요.

K | 그건 거의 식모잖아. 그 집에서 살면서 일했어?

A | 아뇨, 일주일에 두 번 두세 시간 일해요. 제일 좋았던 알바예요. 주인이 파리의 큰 은행에 다니는 사람이어서 간섭도 없었거든요.

K | 일하면서 공부하기 힘들겠다. 논문 언제까지 써야 돼?

A | 2015년 12월 말까지 써야 해요. 논문을 쓰고 나면 한국에 또 가고 싶어요. 거기서 영화도 보고.

K | 한국 영화 기억나는 거 뭐 있어?

A | 홍상수 영화는 뭐든 좋아하는 편이에요. 〈광해, 왕이 된 남자〉도 좋았고, 〈괴물〉 같은 영화는 파리에서도 개봉했는데 아주 인기였어요.

K | 여행 좋아해?

A | 많이는 못 했고 일본, 이집트가 기억에 남아요. 전에 이듬에게 선물로 준 그 목걸이, 용의 눈 그거 이집트에서 산 거예요. 이집트 사람들은 푸른 보석이 액운을 막아주고 좋은 길로 인도한다고 믿어요.

K | 흑인이라서 파리에서 차별받는 경우 없니?

A | 글쎄요. 사람들은 피부색에 대한 고정관념이 있지만 티를 내거나 그러지는 않아요. 단지 아르바이트 구할 때 조금 그 선택폭이 넓지 않아요.

K | 다시 태어난다면 어떤 사람이 되고 싶어?

A | 생각을 적게 하는 사람. 바로 행동하는 성격의 사람. 나는 너무 신중한 편이거든요.

K | 이거 인터뷰니까 생년월일도 적어볼까? 나이를 종잡을 수가 없어서.

A | 상관없어요(암나가 자주 쓰는 말이다). 1988년 3월 31일생이에요.

K | 배고프지? 뭐 먹을까?

A | 아무거나 상관없어요.

K | 그럼 파스타 먹으러 가자.

흑인 소녀는 흑인 아가씨가 되었다. 아빠는 수단 사람, 엄마는 이집트 사람. 고향이 아드리아해랑 가깝니? 피부색처럼 우리는 잘 안 변한다. 우리는 몽소 공원 벤치에 앉아 높은 나무에서 떨어진 잎이 검고 낮은 나뭇가지에 앉는 것을 본다. 몽소 공원은 예쁘고 평화로워 연인들로 지천. 몽소 공원 갈래? 이 말은 나랑 사귈래? 그런 뜻이래요. 너의 흰자위는 노을색. 파출부 아르바이트 힘들지 않니? 맘에 들어요. 주인도 친절하고. 그래

완벽해. 유모차 밀며 지나가는 이들은 거의 다 흑인 여자들, 유모차를 타고 있는 아기들은 모두 다 백인. 나도 베이비시터 아르바이트 오래했어요. 남자친구 있니? 한국어 배우는 거 재밌어?

그날 밤 나는 나의 호기심과 그녀를 향한 이상한 편애가 그 어린 친구를 불편하게 했을 거라고 생각한다.

종전終戰

오오, 어쩌나, 라고 내뱉지 않는다 예민하지 않아도 된다 너의 웃음이 내 인생을 바꿨다고 말하는 자와 네 말 한마디에 내 인생이 흔들렸다고 하는 자들을 믿지 않는다면 거절해도 된다 오우, 너무 좋아요 감탄사 같은 거 허리를 굽히며 감사합니다 밤차를 타고 비엔나에 가서 특강하면 다들 좋아할 거예요 나는 그 교수의 말을 거절하며 마음이 굳었다 그러나 마음은 딱딱해지기도 하고 물렁해지기도 하는 거니까 사실은 없는 거니까 가로수를 흔들어 내 열매를 훔치려는 계산쯤은 눈감아준다

아드리아해를 몰라도 된다는 말이다 열정이니 연민이니 만감을 느껴야만 하나

안목 없는 인생을 욕하는 사람들에게 지쳐서 떠났으니

안목 있게 책을 고르고 사람을 고르고 집을 고르는 이들이 상처 입은 이들을 높은 안목으로 골라 죽였으니

나는 도망친다 흑해로 당신이 아는 흑해가 아니다

나는 항복했으니 그만 쫓아오세요 조롱하며 험담하지 말아요

죽음의 공격을 피하는 동안 나는 가끔 시를 쓴다

이것은 시도 아니고 나는 시적인 삶을 살지 않는다고 세번쨴가 네번째 시집에 썼다 오 필승 코리아도 헬조선도 난 모른다 오늘이 1차 세계대전 종전 기념일인 걸 약국 가서 알았다 하필 국경일이라서 두통약을 살 수 없었고 작은 분수대를 지나 성당이 있는 언덕에 올라왔다 낙엽과 악연과 제비꽃에 대해 아드리아해와 흑설탕절임과 흑해에 대해 연관성 없이 생각하고

묘지를 샀던 아버지를 떠올린다 아버지는 고향 동산을 싸게 처분했다가 왜 그곳에 묻힐 열망이 생겼을까 그는 팔았던 동산 가격과 맞먹는 돈을 주고 자신이 묻힐 땅 고작 한 평을 그 동산 구석에 구했다

나에게 누울 자리를 주는 이방인은 없다 나는 졌다 패배자 자명한 도망자이다 동족 운운하는 자들이 나를 잡아먹을 것을 안다 그러나 나는 설탕절임 같은 말에 제비꽃이 되고 장식한 덫을 다시 기다리는 것이다 낙엽을 덮은 짐승처럼 침울하게

—2016년 10월 8일, 아침에

파트리크 모뤼스Patrick Maurus

이날코 대학 명예교수·문학박사·번역가

일시 | 2015년 10월 8일.
장소 | 파리 시청Hôtel de Ville 앞 광장. 시떼 섬Île de la Cité 강 건너에 위치한 파리 시청은 1357년부터 파리의 행정 업무를 담당하고 있는 기관이다. 건물의 역사만큼이나 생김새가 유려하다. 시청 내부에는 일반인에게 무료로 개방된 전시장이 있는데 전시가 꽤 괜찮은 편이다. 오후에 간다면 줄을 서서 오래 기다려야 하는 단점이 있다. 시청 앞 광장은 여름에 파리 플라쥬Paris Plages라고 바다가 멀어서 바닷가로 휴가를 못 가는 파리지앵을 위해 파리 시에서 (보통 7월 중순~8월 중순) 한 달 동안 시청 앞 센 강가 도로를 차량 통제하고 모래를 가져와서 바닷가처럼 만들어놓는데, 따로 바닷가를 찾지 않아도 될 정도이다. 겨울에는 시청 앞 광장에 스케이트장을 석 달 정도 만들어둔다(보통 12월 중순~2월 말). 스케이트 대여료는 6유로. 시청 옆에는 베아쉬베BHV 백화점이 있고 그 뒤로 파리의 현대 미술관 퐁피두센터Centre Pompidou와 마레 지구Le Marais가 펼쳐져 있다. 파리 시청-퐁피두-마레 지구 이 지역은 보보(BOBOS는 보헤미안 부르주아bohémiens bourgeois를 지칭하는 말로 경제적으로는 풍족하나 겉치레를 싫어하고 저항 의식이 있으며 방랑을 벗삼아 사는 사람들을 뜻한다. 파리의 미술관 디렉터, 교수, 극장장, 평론가, 작가 등등이 이 같은 보보 성향이 짙다)들과 동성연애자들이 많아서 항상 활기차고 다정하며 재미난 일이 많이 일어나는 구역이다.

파트리크는 시집 번역 건으로 조재룡 비평가에게 소개받은 사람이다. 나는 그를 2014년 늦가을 인사동에서 처음 만났고 이번에 다시 만나게 되었다. 조재룡 비평가는 성균관대학 불문과 재학 시절에 파트리크의 제자였는데 그를 '천재'라고 했고, 다소 시니컬하고 날카롭지만 알고 보면 부드러운 남자라고 표현했다. 우선 그에 관해 내가 알고 있었던 내용을 적으면 이러하다.

파트리크 모뤼스는 파리 이날코 대학의 언어학 박사이고 한국문학 교수이다. 그는 중국 북경대 교수로 재임했던 경력이 있다. 또한 성균관대와 고려대에서 교수로 재임했고 김일성대학에서도 강의했다. 그의 박사학위 논문은 두 개인데, 하나는 파리8대학에서 '대중소설'을 주제로, 다른 하나는 이날코 대학에서 '민족주의와 근대성, 한국 현대시의 돌연변이'를 중심으로 연구했고 『우화 속의 한국La Corée dans ses fables』(2010) 등의 저서가 있다. 한국문학을 프랑스에 정식으로 최초로 알린 실력파 번역가이다. 「김정은, 북한 주민들의 욕망을 투사하다」라는 기사를 르몽드Le Monde(2015년 2월 13일)에 싣는 등 그는 프랑스에서 한국 문제를 언급할 때 신문과 텔레비전의 패널로 불려나가서 발언하는 한국 소식통으로 통하며 (이건 적어도 좋을지 모르지만) 최윤 작가와 결혼했었고 지금은 이혼했다. 주로 파리에서 교수직과 번역 작업에 전념하며 한국을 오가고 있다.

파트리크와의 인터뷰는 간단하게 진행되었는데, 그는 자신의 인터뷰보다는 다른 사람들과의 인터뷰를 권했으며 그 일을 할 때 내가 불어 통역을 부탁하면 특별한 업무가 없는 한 흔쾌히 찾아와서 도와주었다.

오늘은 시청 앞에서 만나 마레 지구를 함께 걷기로 했다. 우리는 광장 벤치에 앉아 대화를 시작했고, 센 강가를 걸으며 시체처럼 꼼짝하지 않고 누운 사람도 보았다. 의미 없고 아름다운 문장을 생각했지만 나는 받아적거나 녹음하는 일에 더 치중해야 했다.

K | 제가 듣기론…… 선생님은 1965년에 아버지와 함께 처음으로 한국에 가셨다고 들었어요. 맞나요?

P | 그렇습니다.

K | 그렇게 빠른 시기에 어떻게 가게 되셨나요?

P | 제 아버님 이름은 다니엘 모뤼스Daniel Maurus이고 엔지니어였어요. 아

내가 확인한 바로는 한국어, 영어, 중국어, 독일어에 능통한 파트리크. 더 많은 나라의 말을 할지도 모른다. 그러나 대인 관계에는 능란하지 못한 외골수 같은 느낌.
그는 이청준 작가로부터 받아 20여 년간 지니고 있던 아름답고 크고 값비싸 보이는(이청준의 사인이 있으므로) 전주 부채를 부채 케이스에 담아 나에게 선물로 주었다. "드디어 물려줄 이가 생겨 내 어깨가 홀가분해졌다. 문학하는 좋은 후배를 만나면 이 부채를 그에게 건네주기 바란다"며.

버지는 한국의 제2차 경제개발 5개년 계획(1967~1971)에 관련해 일하셨습니다. 한국 최초의 고속도로인 경인 고속도로 시공 책임자였고 여러 항구를 짓는 일도 하셨는데……, 그 일은 미국을 제외하면 최초의 외국 인력에 의한 대규모 사업이었지요. 국제은행에 의해 그 경제개발 사업이 지원 추진된 걸로 알고 있습니다. 그때는 비행기를 타고 이틀 동안 날아갔어요. 파리―알래스카―일본―서울의 경로였고 서울 공항은 한강에 있는 섬에 있었어요. 아버지와 3년간 서울에서 살았는데 당시에 나는 열다섯 살의 감수성이 예민한 소년이었기 때문에 나의 몸속에 서울은 대단히 특별하게 각인되었어요. 1965년 당시의 한국은 매우 가난한 나라, 참을 수 없는 상황의 나라였습니다. 박정희 독재자의 치하였는데 밤에 자주 총소리가 들렸어요. 그로부터 30년쯤 후인 1993년에 성균관대학교 교수로 부임하게 되어 한국을 다시 방문했어요. 그 당시에 경찰이 대학생을 죽인 사건도 있었죠. 한국은 내게 정서적으로는 매우 가깝지만 정치적으로는 그렇지 않아요.

K | 선생님께서는 한국에서 성균관대학교 외의 다른 대학에서 일한 경험도 있으시죠? 한국 교육의 문제점은 뭐라고 생각하세요?

P | 저는 1982년도에 고려대학교와 이화여자대학교에, 그러고 나서 1987년도에 숙명여자대학교에, 1990년부터 1995년까지는 성균관대학교에 있었습니다. 교육의 문제점은 학생들의, 학생들을 위한 자주성이랄까, 자율성이 충분하지 않다는 점입니다. 또한 주된 구성원인 학생들에게 상세히 발표하거나 면밀히 검토하고 잘 구조화된 리포트를 작성하는 능력이 부족

했습니다. 그리고 저명한 사상가들에 대한 비판적 수용이 없었습니다.

K | 선생님은 북경대학과 김일성대학에서도 교수로 생활하셨는데 , 그때가 몇 년도인가요? 현재 북한의 학생들과 주민들의 생활은 어떠한가요?

P | 저는 김일성대학에 각각 다른 기간으로 두 번 갑니다. 이전에는 두 달 조금 못 채운 기간이었고, 다음번에는 그곳에서 세 달을 보낼 생각입니다. 나는 한국을 남한과 북한으로 나누는 데 의미를 갖지 않고 고려와 조선의 문화가 뭔지 공부하고 이해하고 싶습니다. 남북의 상황을 인지하고 있지만 사라져가는 고려 문화만이라도 알고 싶습니다. 남한과 북한 그리고 중국의 단편소설들을 찾아서 읽고 있는데, 어떤 연계망을 찾게 되었습니다. 오늘은 새벽 3시에 일어나서 남한의 최근 소설을 번역했습니다. 프랑스어로 번역된 한국문학이 적지 않지만 저는 한국어와 그 문화를 잘 아는 프랑스인이 번역하는 것이 올바르다고 생각합니다. 두번째 질문에 대한 답은 불가합니다. 설명하기에 너무 길기 때문입니다. 다만 제가 말씀드릴 수 있는 것은 김일성대학의 학생들이 대단히 엄선된(선택받은) 학생들이며 그렇기에 훌륭하다는 것입니다. 그들은 대부분 프랑스어를 완벽하고 유창하게 구사합니다. 그리고 그들도 노트북을 가지고 작업합니다.

K | 북한과 남한의 통일은 언제쯤 가능할까요? 그것을 위해 남한에서 준비해야 하거나 선행되어야 할 조건은 무엇일까요?

P | 두 개의 한국은 더이상 반쪽의 한국이 아니라 두 개의 자치 국가이기 때문에 통일은 어려울 것입니다. 그것을 기다리는 대신에 간단하고 작은

정책부터 시행해보는 것이 어떨까요? 간단한 불침략 조약부터 시작한다든가.

K | 선생님은 현재 이날코 대학 명예교수의 직분인데, 대학원 학생들에게 강의를 하고 계신가요? 어떤 과목을 지도하고 계세요? 덧붙여서 질문하자면, 선생님께서는 이날코 대학의 한국학과의 발전에 지대한 업적을 남기셨는데요. 그 학과를 그렇게 성장시킬 수 있었던 원동력과 비결은 무엇일까요?

P | 저는 이번 학기엔 그저 번역 최종 석사과정 강의를 하나 했습니다, 친구와 함께. 그리고 국립 도서 센터나 고등사범학교 에콜 노르말 쉬페리외르École normale supérieure(1794년 프랑스에 설립된 교육기관)와 같이 높은 수준의 장소들에서도 학생들을 가르쳤습니다. 저는 20년간 거의 혼자 일하며 한국학과를 발전시키고자 했습니다. 하지만 결과는 단지 대학에 의해 부과된 입학자 수의 제한 또는 유태인 학생 수의 차별적 제한을 깨뜨리려는 저와 학교 측의 마찰이었습니다. 그들은 저를 블랙리스트에 올리려고 했습니다.

K | 소르본 대학 재학 시절에는 학생 대표로 68혁명의 리더였다고 들었습니다.

P | 네. 저는 파리학생연합회의 회장이었고 온몸으로 부패한 사회와 경찰과 싸웠지요. 파리의 사회를 바꾸려고 노력했어요.

K | 선생님은 이청준의 소설을 10권 번역하셨고 그의 마지막 인터뷰에 해당하는 다큐멘터리 영화도 만드셨으며 조세희의 『난장이가 쏘아올린 작은 공』도 번역하셨죠. 그리고 김지

하의 서사시와 신경림의 작품들, 황지우의 시 등 아주 많은 한국 작품을 프랑스에 최초로 알린 분이십니다. 최근에는 어떤 번역을 하고 계신가요?

P | 그것이 한국 최고의 작품인지는 모르겠지만, 저의 번역 작업 중 최고의 작품은 조세희의 『난장이가 쏘아올린 작은 공』과 허균의 『홍길동』입니다. 간단하게 대답하자면 이렇게 말할 수 있겠어요. 나는 더이상 한국의(한국어) 책들을 번역한다고 느끼지 않습니다. 나는 '한국'을 번역합니다. 한국의 대부분의 작가들, 나는 그들을 매우 좋아합니다. 하지만 이청준과 조세희는 특별합니다. 나는 그들을 사랑합니다. 그들은 보기 드문 작가이고 뛰어난 인간입니다. 그들은 독자들을 위해 씁니다. 상이나 인정을 받기 위해 쓰는 것이 아니라는 말입니다. 최근에 건강이 별로 좋지 못하지만 만약 내게 번역할 훌륭한 책이 있다면, 기분이 좋습니다. 나는 요즘 천명관과 박민규 그리고 김이듬을 번역하고 있습니다. 시는 일반적으로 감상과 느낌이 많은데, 이듬씨의 시에는 드라마가 있고, 힘이 셉니다. 내가 번역했던 신경림, 황지우의 초기작이 보여줬던 이야기 근성이 있어 재밌어요. 나의 노력으로 그들을 프랑스 독자들에게 소개할 수 있다는 점, 그리고 한국의 재단들에 의해 후원받는 끔찍한 번역들 중 하나와 함께하지 않는다는 점이 아주 자랑스럽습니다.

K | 선생님은 마치 한국 사람처럼 느껴져요. 다른 어느 나라보다 한국을 걱정하며 사랑하시는 까닭은 무엇인가요?

P | 저는 한국을 다른 어떤 나라와도 비교하지 않습니다. 그리고 저는 '국가들'을 좋아하지 않습니다. 심지어 프랑스도요. 저는 좋아하는 '사람'과

싫어하는 '사람'이 있습니다. 가령 제가 전두환이나 사르코지를 싫어하는 것처럼요.

K | 인터뷰를 이제 마무리할까 합니다. '문학'이 존재하는 이유나 가치는 무엇일까요?

P | 저는 제가 문학을 선택한 건 아니라고 생각합니다. 제 가족 모두는 수학자였기에, 만약 제가 그들처럼 존재하기를 원했다면, 지금의 저는 없었겠지요. 저는 뭔가 다른 것, 특별한 것이 필요했습니다. 그래서 문학이 나에게 왔던 걸까요? 65세가 지난 후에, 이제야 문학이 나를 살아 있도록 만들었다고 말할 수 있습니다.

K | 앞으로 남은 인생에서 가장 하고 싶은 일은 무엇인가요?

P | 저는 죽지 않기로 결정했습니다. I have decided not to die.

K | 마지막으로 한국인에게 하고 싶은 말씀이 있으시다면요?

P | 살라, 행동하라, 일하라. 하지만 다른 사람이 당신에 대해 어떻게 생각하는지를 항상 궁금해하는 것을 멈추세요.

K | 선생님보다 어린 친구들에게 들려주고 싶은 삶의 태도를 가르쳐주세요.

P | 불복종! Disobey! 거역하세요, 반항하세요.

파트리크는 일부러 그러는 것 같았다. 중요한 말은 영어로 한 번 더 강조하면서 나의 눈을 바라보았다. 이청준 작가와의 사적인 만남으로 받은 감명 깊은 얘기, 조세희 작가의 소설을 번역하던 3개월 내내 울었다는 말은 여기에 다 옮길 수 없을 만큼 구구절절하다.

점이 지대

사랑으로 나는 허약하며 고통받으며 낙오하네
그날 밤 늦게 나는 일기장에 너의 이름을 썼고 군 기지를 지나며 네가 했던 말을 떠올렸다

이곳은 일교차가 가장 큰 도시
네가 지은 죄의 이름을 모른다 혼자 남겨진 나는
밤과 낮으로 열대와 혹한을 넘어 징그러운 식물군을 만든다

매일 잠잘 방을 찾았으나 저녁의 폭풍우여
나는 난민을 실은 밤의 배처럼 뒤집혔으니

사랑이여 너의 나라는 나의 입국을 거절한다
만장일치의 박수로 나를 몰아내는 활기찬 얼굴들을 흘려보내리
한 번도 실연하지 못했으나
나는 사랑으로 불타고 얼고 다시 불타는데

아기 기저귀 갈던 여자가 나를 쳐다본다

네가 자라서 나를 이해할 수 있을 때가 올 거다
엄마도 너도 나를 내려다보며 말한 후에는 기다려주지 않았고
자랄 수 없는 기후의 도시로 보내버렸다

누군가의 전갈
교통사고 소식과 엉덩이는 안 된다는 옆 칸의 소리와 안에 누가 있냐며 두드리는
이국의 공중화장실에서 나는 숨죽인다
없는 사람처럼 너의 방으로 경관이 왔을 때처럼

—2015년 10월 10일, 저녁에

가엘 리좀Gaëlle Rhizome

로맹 롤랑 도서관 사서

일시 | 2015년 10월 11일.
장소 | 파리 19구 전철역 플라스 데 페트Place des Fêtes 근처에 있는 가엘의 집. 책과 음반이 너무 많아서 좁게 느껴지지만 그래도 내가 가장 편히 쉴 수 있는 곳이다. 흑인이나 이민자가 많이 사는 주택가인데 조금만 걸어 나가면 근사한 레스토랑과 파리 특유의 로컬 바가 산재해 있다. 가엘과 내가 단골로 간 바는 '라르캉시엘L'ARC EN CIEL'로, '하늘의 아치' '무지개'란 이름처럼 비현실적으로 평범하고 저렴하다.
플라스 데 페트는 파리 북동쪽에 위치한 주거 타운으로 파리 공원 중에서도 아름답기로 손에 꼽는 뷔트 쇼몽 공원이 가까이 있다. 파리 북녘의 차이나타운 벨빌Belleville의 옆 동네이고, '파티의 장소'라는 지하철역 이름에 걸맞지 않게 조용한 편이다. 조금 아래로 내려오면 파리의 상징적인 장소 중 하나인 페르라셰즈 공동묘지Cimetière du Père Lachaise가 있는데 묘지라기보다 차라리 이곳도 공원에 가깝다. 오스카 와일드, 쇼팽, 프루스트, 에디트 피아프, 마리아 칼라스, 짐 모리슨 등등이 이곳에서 영면하고 있다. 그래서 그런지 걷다보면 묘한 감상에 젖게 되는 신비로운 곳이기도 하다.

일요일 아침이었다. 가엘은 나에게 전화를 걸어 자신의 집에 와서 점심을 먹자고 했다. 모처럼 쉬는 날이지만 그녀는 나를 위해 미리 장을 보고 김치도 준비했다고 했다. 나는 저번에 만났을 때 전해주지 못한 한지韓紙를 가지고 그녀의 집으로 갔다. 가엘은 한지나 한복 같은 걸 무척 좋아하는데 한국에서 한복을 사갈 수는 없어서(몸의 치수를 몰라서) 대신 여러 가지 색의 전주 한지를 준비해갔다. 자주 그녀의 집에 갔기 때문에 눈을 감고도 찾아갈 수 있을 정도였다.

가엘은 인터뷰를 꺼렸지만 말을 하기 시작하자 누구보다 솔직하고 자연스러웠다. 그러나 책에 적지 말라고 당부하는 내용은 여기서 뺐다.

K | 애들은?

G | 이번 주는 아이들이 전남편한테 가서 생활하는 기간이야.

K | 요즘 한국어 공부는 열심히 하고 있니? 언제쯤 나하고 한국말로 대화할 수 있겠어?

G | 배우기가 쉽지가 않네. 나는 네 살 때까지 한국에 살았잖아. 그래서 피부 속에는 한국어 문법과 소리, 리듬이 살아 있을 거라고 믿었어. 그렇기 때문에 내가 불어를 배울 때에도 불어의 어미 사용을 이해 못 했거든. 그런데 말이지, 지금은 내 모국어가 하나도 기억이 안 나. 프랑스로 입양 오자마자 나는 2주 동안 한마디도 하지 않았대. 입양한 부모는 내가 혹시 실어증에 걸린 게 아닌가 걱정했다고 하더라. 그후 갑자기 불어를 쏟아내듯 말하기 시작했대. 게다가 침대에서 잠을 자지 못하고 계속 온돌만 찾아서 울었다고 하데.

K | 왜 진즉에 한국어 공부를 하지 않았어?

G | 양부모님은 한국말을 사용 금지시켰고 한국 음악 같은 것도 듣지 말라고 했어. 한국을 다 잊고 프랑스에 적응하길 바라셨지. 그런데 나는 사실 그곳이 기억나지 않아. 버려진 사실이나 보육원 시설 같은 것도. 너도 봤지? 홀트아동복지회에서 발행한 서류를 보면 내 생일과 이름이 있지만, 그건 가짜로 꾸민 걸 거야. 너는 내 이름이 김은영이라고 적혀 있다고 했지만 그게 나의 실명인지 보육원에서 붙여준 이름인지 알 수 없잖아.

K | 네 친부모가 그립니?

G | 나는 내 친부모를 만나는 일에는 흥미가 없어. 난 내 입양의 이유를 알고 싶지 않아. 그건 과거에 지나간 일이야. 나를 키워준 부모님께는 감사해. 나는 교육, 가정, 건강, 프랑스어 교육을 받았으니까. 더는 없어.

K | 네 어릴 적 꿈이 도서관 사서였니?

G | 조금씩 변했어. 나는 루브르 박물관 내에 있는 학교에서 두 달간 공부하고 그다음에 2년 동안 대학에서 문화 교류와 관련된 전공을 하다가 배우기 싫어서 그만뒀어. 15년 전에 프랑스 사람과 결혼했지만 이혼했고 너도 알다시피 두 아들을 내가 양육하고 있어. 1994년에 파리 외곽의 시골에서 파리로 와서 도서관 사서 시험을 보았는데 곧바로 합격해서 사서직을 하게 되었고 지금 근무하는 로맹빌의 로맹 롤랑 도서관에서 일한 지는 2년이 되었어. 나는 내가 하는 일이 적성에 맞고 좋아하는 편이야.

K | 힘든 점은 없니?

G | 일에서는 그다지 어렵지 않아. 파리에서는 노동 착취라고 할 만한 일은 별로 없거든. 30년 동안 내가 이해할 수 없는 것은 나의 이상한 느낌이야. 한국인도 아니고 프랑스인도 아니고 내가 누구인지 모르겠다는 거야. 농담이 아니라 한국인이든 프랑스인이든 처음에는 나를 중국인으로 봐. 네가 봐도 내가 중국 여자처럼 생겼니?

K | 아니. 첫눈에 한국 사람이구나 생각했어.

G | 그런데 한국에서 온 관광객이나 예술가들을 만나면 그들은 나를 중국

이 사진을 찍은 날은 2015년 10월 7일, 가엘의 생일이었다. 작은 파티가 있었는데 그녀가 초대한 사람들이 모였다. 가엘은 인맥이 넓고 친구가 많다. 가엘 옆자리의 사람은 샹딸 르뇨Chantal Regnault. 뉴욕과 파리를 오가며 작업을 하는 프랑스 사진작가이자 아프리카 여성들의 인권을 위해 노력하는 기자이다. 뉴욕 타임스를 포함해 수많은 매거진에 사진과 글을 기고했고, 그녀가 2012년에 작업한 〈추방인DEPORTED〉은 2013년에 개최된 아프리카 국제영화제Vues d'Afrique에서 최우수 다큐멘터리 상을 받기도 했다. 인터뷰를 할 수도 있었지만 나는 술에 취해 속이 메스꺼웠고 그 파티를 즐기는 보통의 친구로 있고 싶었다.

인 취급하더라고.

K | 너는 한국에 대해 어떻게 생각해?

G | 한국과 한국인에 대해서는 나라와 사람들이 힘들고, 또 정말 힘들다고 생각해(가엘은 'hard'라는 형용사를 거푸 사용했는데, 그 뜻으로 힘든, 열심히 하는, 매정한, 겁이 없는 등이 있기에 맥락상 이해가 필요하겠다). 그들은 인정받기를 원해. 나는 가끔 슬퍼. 왜냐하면 한국은 현대성의 측면에서 너무 미숙하고 나는 그들이 서양에 의해 인정받는 것을 목표로 삼고 있다고 생각하니까. 서양인들은 그들의 오래된 문화 때문에 인종주의자야. 나는 아시아의 얼굴을 가진 프랑스인이야. 한국인들이 나 같은 사람을 좋아하지 않는다는 것을 알아. 하지만 나는 신경 안 써. 내 정체성에 혼란을 느끼지만 결국엔 내가 프랑스인이라는 걸 인식하기 때문이지. 한국에서의 입양에 대해서, 나는 내가 입양되었다는 것을 일찍 알지 못했어. 지금은, 국제적인 입양에 대해서 반대한다고 말할 수 있어. 한국에서 아직도 많은 아이들이 입양된다는 사실은 놀라운 일이야. 그리고 이따금, 어리지 않은 아이들도 입양되어오곤 해. 내 견해가 입양에 대한 포괄적인 입장은 아니겠지만, 너는 한국인의 사고방식을 이해할 수 있니? 그건 입양을 한 서양 부모들과 같은 거야. 프랑스인들은 인종(차별)주의자이고, 한국인들은 민족주의자야.

K | 한국에 간 적 있지?

G | 응. 애들을 데리고 2012년에 한국을 방문했었어. 애들은 한국의 모든

것, 사람, 음식, 음악, 풍경 등을 좋아하고 한국에 대해 말하는 것을 자랑스러워해. 절에도 가고 부산 자갈치시장에도 갔어. 제주도는 파라다이스라고 일기장에 썼더라. 제주도에 꼭 다시 가고 싶다고 노래를 불러. 라파엘은 밥과 김치만 있으면 반찬 투정을 안 해. 요새도 나갔다가 들어오면 "엄마, 밥 있어?" 이렇게 물어. 지금은 미국이나 농구에 더 관심 있어 해. 맏아들인 스타니슬라스는 위대한 농구선수가 되고 싶어하고 라파엘은 과학을 흥미로워 해.

K | 자식들을 위해 너는 어떤 계획을 세우고 있니?

G | 아이들이 행복할 수 있도록 매일 일하며 노력해. 난 사회 이슈들에 관심이 많은데, 내 아이들에게 공정한 세상을 제공해주고 싶기 때문이야. 나는 전쟁이 두려워. 세상은 금융에 관련된, 경제적인 이유들 때문에 점점 미쳐가. 정치적으로도 문제가 많은 사회야. 파리 사람들은 보이지 않는 공포를 느껴. 사람들은 다른 사람을 죽일 수 있어. 돈과 힘 같은 것들을 위해서…… 그리고 다른 종교 또는 다른 피부색을 갖고 있기 때문에 너를 죽일 수도 있지. 이것을 아이들에게 어떻게 설명할 수 있을까? 나는 부끄러워. 내 삶에서 가장 중요한 것은 내 아이들의 행복이야. 전쟁이 없길 바라. 하지만 나는 비관주의자지. 사실 나는 야망이 없어. 그저 내가 좋아하는 사람들과 행복하게 지내고 싶어. 너도 알다시피 나는 호기심이 많고 사람들을 연결해주는 데 재능이 있어. 나는 온 세상의 영민한 사람들을 만나고 또 만나고 싶어. 또한 내가 그들을 서로 연결해주고 그 일을 통해 새롭고 재미나며 의미 있는 일들이 많이 생기길 바라.

K | 그래서 네가 나에게 좋은 사람들을 많이 소개시켜주는구나. 고마워.

G | 이듬, 나의 언니! 우리는 혈연 같지? 내가 어릴 적 사진이 한 장 있는데, 그거 보육원에서 받아온 거야. 그걸 보여줄게. 애들 일기장도 볼래?

K | 응. 얼마나 예쁜가 보자.

G | 하지만 네 책에는 쓰지 마. 여기까지만 인터뷰하고 지금부터는 인터뷰어에서 친근한 나의 자매로 돌아와줘.

그날 나는 가엘의 집에서 밤까지 놀다가 그녀가 운전하는 차를 타고 숙소로 왔다. 오는 길에 현란한 장식을 한 물랭루즈에 입장하려고 긴 줄을 서 있는 사람들을 보았는데 그 길이가 족히 3백 미터는 되는 것 같았다. 복잡한 도로에서 서행하며 가엘이 물었다. "회 먹어봤니?" "응." "매화주 맛은 어때?" 나는 그녀의 헝클어진 머리칼, 억세 보이는 검은 눈썹을 쳐다보며 우리가 닮았다는 생각을 했다. 맥락 없이 허튼소리하는 것까지. 마주보는 잎사귀처럼 닮아서 흔들리는 느낌이랄까? 나는 숙소에서 아껴온 소주를 마시며 파리라는 그다지 예술적이거나 낭만적이지 않은 도시를 생각했다. 가엘이 저녁 내내 내게 말해준 파리의 느낌과 알 수 없는 공포심은 며칠 후에 파리 테러로 드러났다. 수많은 사람이 죽고 난 뒤에 나는 그녀가 얼마나 그 사회를 깊이 직시하며 누구보다 선명하고 여실하게 느끼며 사는가를 알 수 있었다.

조국

몽트뢰유에 있는 한식당 테라스에서 우리는 아래를 보고 있었다
저녁이 와도 거리의 흑인 소녀들은 집으로 가지 않았다
행복한 사람은 없었다
북역에서 온 사내가 소녀의 손을 끌고 골목 안으로 사라졌다
우리는 그 시간을 기다리고 있었다 부모가 올 때까지 맡아두었으니까

지나가던 이가 우리를 향해 손을 흔들었다 웃으며 우리는 서양 남자들의 체취와 엉덩이에 관해 말하다가 담배를 꺼냈다
성냥은 젖어 있었다
행복한 사람은 없었다 부자이거나 잠시 기분 좋거나 웃을 뿐

네가 온다니까 내 애인이 좋아하더라
예쁜 친구를 애인에게 소개하는 것처럼 인천을 말하기도 그런지

가엘은 그 바닷가에서 태어나 한국 나이로 세 살 때 입양되어 왔다

지금은 로맹빌 도서관 사서로 일한다

우리는 웃지 않고 한국에 관해 한국어가 아닌 말로 말했다 태어났으나 가보지 못한 그곳의 기후와 쌀, 막걸리 등 끝없이 우리가 증오하지 않는 것들에 관해

나의 벗 나의 누이 가엘에게 보여줄 것은 젖은 종이와 젖은 외투 속 성냥

꺼지지 않는 불꽃은 없다

부모도 벗들처럼 바뀌지만 아임 낫띵 그 사실은 변하지 않아

구석에는 튀니지에서 온 이민자가 기타를 치고 있었다

가엘과 나는 춤을 추지는 않았지만 입을 맞춘 후 아무 말도 하지 않았다

이 세상 어디에도 없는 행복한 음악이 아주 멀리 갔다

—2015년 10월 12일, 낮에

프랑시스 콩브Françis Combes

시인

일시 | 2015년 10월 13일.
장소 | ① 출판사가 있는 곳—파리 13구. 메트로 7호선 메리 디브리Mairie d'Ivry 역. 7호선의 마지막 역인 이곳 이브리 구역은 파리의 차이나타운으로 중국인들이 상권을 꽉 쥐고 있다. 베트남 식당도, 일본 식당도, 한국 식당도 대부분 중국인들이 운영하고 있다. 그만큼 식당이나 가게나 물가가 저렴하다. 이 13구에 오래 있다보면 중국의 어느 프랑스 마을에 있는 듯한 오묘한 정취를 느낄 수 있을 것이다.
② 두번째 인터뷰를 진행한 곳 —파리 10구. 메트로 5호선 자크 봉세르장Jacques Bonsergent 역. 아름답기로 유명한 생마르탱Saint-Martin 운하. 운하 중간쯤에 프랑스 소설가 외젠 다비Eugène Dabit의 소설 「북호텔Hôtel du Nord」의 모델이 된 오텔 뒤 노르 건물이 실제로 존재한다. 소설에서 생마르탱 운하는 실제로 공간적 배경이 된다. 뿐만 아니라 영화 〈아멜리에〉(2001년), 〈원데이〉(2011년)의 촬영 장소로도 유명하다. 날씨가 좋을 땐 운하 양쪽으로 파리지앵들이 촘촘히 앉아서 와인을 마시며 수다를 떠는데 그 모습이 사랑스럽다. 파리에서 조용히 산책하기에 가장 이상적인 곳이 아닐까 싶다. 나는 카페 Paname Brewing Company(41 bis Quai de la Loire)를 좋아한다. 그러나 지금은 테러 참사의 현장이 가까이 있어 뭐라고 확언하기 어렵다.

발드마른 국제 시인 비엔날레 측에서 외국 작가들의 숙소로 마련해놓은 호텔은 파리에서 가장 번화한 거리에 있는 '1등급 호텔'이었다, 고 말하면 좋겠지만…… 사실은 그렇지 않다. 파리 전철역 톨비악Tolbiac 근처에 있는 작은 호텔이다. 호텔 이름은 '데 보 자르Hôtel Des Beaux Arts', '아름다운 예술' 쯤으로 번역할 수 있겠다. 첫날에 호텔방에 들어간 강정 시인이 나한테 물었다. "네 방도 그래? 이거 완전 한국 고시원 수준이잖아!" 방이 조그맣고 작은 침대도 삐걱이고 책상도 좁다. 밤에 책 읽으려면 눈이 시릴 만큼 전등 빛도 약하다. 벽이 왜 있는지 모를 정도로 방음 안 되어 옆방의 캐나다 시인 코고는 소리가 다 들린다. 인터넷 연결도 원활치 않아서 노트북 켜고 이메일을 확인하는 데도 시간이 오래 걸리며 아예 접속되지 않는 경우가 허다하다. 이런 불편함에 투정이 나오지 않는 데는 세 가지 이유가 있다. 한 달도 아닌 고작 열흘 가까운 비엔날레 행사 기간 동안 머무는데, 외국 작가와 복도나 식당에서 마주쳐 얘기 나눌 기회가 많다는 것. 두번째는 일정이 빡빡하여 호텔엔 파김치되어 돌아와 잠만 자니까 굳이 값비싼 호텔일 필요가 없다는 것. 세번째는 싱싱한 담쟁이덩굴과 들장미가 벽을 타고 오르는 오밀조밀한 중정中庭이 있다는 것. 여긴 목재로 만든 몇 개의 테이블과 가벼운 의자가 있는데 새벽마다 정원에 날아와 노래하는 새가 있어 나는 창문을 열고 그 새를 바라본다.

간소하다못해 초라한 아침 식사 후에는 정원에서 차를 마시며 담배를 피운다. 한국에서 온 작가 네 사람은 공교롭게 다 흡연자다. 황지우 선생님이 "우리 담배나 한 대 피우고 가자" 그러시면 우리는 슬그머니 옆에 앉아서 선생님의 담배를 슬쩍 얻어 피우기도 한다. 방에서는 금연이다. 2004년에 친구들과 배낭여행 길에 파리에 들렀을 때는 식당이나 카페에서 담배를 피웠다. 시몬 드 보부아르, 장 폴 사르트르 등이 모여 철학적 담론을 펼쳤다는 '카페 드 플로르Café de Flore'에 들러 우리는 담배 연기 뿜어내며 시답잖은 얘길 쏟았었다. 그때 파리에서 어디로 갈 것인가를 두고 두 명의 친구는 의견 충돌로 다투었다. 나는 어딜 가든 다 괜찮다며 웃었는데, 그때 뭐하러 그렇게 많은 도시를 보러 서둘러 다녔는지 모르겠다.

파리의 담뱃값은 비싸다. 한국도 증세를 목적으로 국민 건강 운운하며 올해 초 담뱃값을 2천 원이나 인상하여 가격이 만만치 않지만, 여기서 담배 한 갑을 사려면 8유로 정도, 한국 돈으로 만 원 이상 줘야 한다. 금연을 시도하지 않은 건 아니지만 식후나 글을 쓸 때는 담배 생각이 간절하여 며칠 끊었다가 다시 피운다. 나는 의지가 약하며 담배에 의존적인가? 아니, 담배와 커피에 거의 중독자 수준이다. 황지우 선생님은 화장실로, 심보선은 무슨 비밀 전화인지 우릴 슬쩍 보고는 전화하러 정원을 빠져나갔다. 강정은 매일 싣는 칼럼을 마무리해서 한국의 신문사로 보내야 하기 때문에 원고 쓰러 방으로 올라갔다. "오늘은 인터넷이 되어야 할 텐데……" 걱정하며. 아침마다 다들 바쁘다. 오늘은 10시에 로맹빌 도서관에서 낭독회가 있고 점심 식사 후에는 또다른 행사가 잡혀 있다고 들었다. 나 혼자 남아서 종이와 필터를 꺼내 담뱃잎을 말고 있는데 파리의 시인이 옆으로 왔다. "담뱃잎을 이렇게 많이 넣으면 잘 말리지 않잖아요. 내가 만들어줄게요." "아니, 프랑시스 콩브 씨는 담배 안 피우잖아요. 괜히 내 담배 망치지 말고 어서 이리 주세요." "나도 옛날에는 엄청 피워댔죠. 지금은 건강이 안 따라줘서 끊었지만……" 그런데 그의 실력이 줄었는지 담배가 울퉁불퉁 엉성하게 말렸다. "이게 뭡니까!" "이러지 말고 롤링 머신을 하나 사세요. 그게 있으면 담배 마는 거, 일도 아닙니다." 그는 내 어깨를 툭툭 치고는 커피를 마신다. 롤링 머신이라…… 담뱃값 아끼려고 롤링 타바코에 도전중인데 그 롤링 머신인가 뭔가를 사려고 또 돈을 써야 하는가? 나는 지금 다시 금연을 목하 고민중이다.

지금 찾아보니 이 글은 2015년 6월 1일에 쓴 글이다. 그 기간에 나는 매일 일기랍시고 이런 산문을 적었다. 뭐하러 적었나 싶긴 하다. 그러고 보니 파리 방문은 세번째이고 이번처럼 인터뷰를 하기 위해 찾아와서 코피까지 흘리며 이 도시를 쫓아다니게 될 줄은 상상조차 못했다.

나는 오늘 프랑시스 콩브를 만나러 갔다. 그가 파리에서 가장 좋아하는 장소에서 만나자고 했다. 사실 나는 지난주에 그를 만나러 그가 운영하는 출판사에 갔다가 인터뷰는 하지 못한 채, 그곳에서 출판한 책들을 구경하고 17년 동안 그와 일해온 편집장 넬리 조르주 피코Nelly George-Picot와 잡담만 하다가 왔다. 내가 이메일로 약속한 날짜를 착각하여 일주일 일찍 찾아간 것이다. 그는 시집 출판을 앞둔 작가와 뭔가 심각한 논의중이었고 그 일이 끝나면 반시간 후에 또 외근이었다. 그곳은 멀리 메트로 7호선의 끝에 있는 메리 디브리 역 인근이었고 파리에서 보기 드문 리더 프라이스Leader Price라는 물건을 싸게 파는 슈퍼가 있었다. 허탕을 메우려고 나는 생필품을 사서 숙소로 돌아갔다.

K | 당신의 주된 일은 뭔가요?

F | 현재 파리 남부에 위치한 발드마른에서 열리는 국제 시인 페스티벌을 책임지고 있다. 이때까지 열린 이 행사에는 전 세계 5백여 명의 시인들이 초청되어 다녀갔다. 예전에 난 20년 넘게 출판업에 종사했다. 여러 작가들과 함께 출판회사 르 탕 데 스리즈Le Temps des Cerises를 세웠다. 그리고 시를 썼다. 나는 15권의 책과 전 세계 여러 낭독회에 참석했다. 네가 나의 주된 활동과 더불어 내 인생에 있어 더 중요한 것을 알고 싶다면 난 '사랑'이라고 답할 것이다. 나는 부인과 자식들, 손자들도 있지만…… 사랑은 정말 어려운 일이다! 내가 수년 동안 정치적인 활동에 참여한 것은 사랑 때문이고 이것은 내가 시인으로서 활동하는 데에도 동기부여가 된다.

K | 당신은 파리에서 태어났습니까? 당신의 시 작품에 영향을 끼친 장소는 어딘가요?

생마르탱 운하 옆 카페 발뤼La Barlu. 프랑시스는 손가락으로 뭔가를 가리키며 내게 쳐다보라고 했다. 카페 안으로 들어와 빵 부스러기를 쪼아대는 참새가 보였다. "저 참새의 형식을 이듬씨는 어떻게 표현하겠소?" "먹이에 붙잡힌 기호요." "괜찮긴 한데…… 언어라는 땅에 발을 들여놓은 자들은 누구든지 하늘과 땅의 모든 비유로부터 버림받는 거라고 소쉬르가 말했었나?" 그는 말했고 나는 기표와 기의 사이의 불가능한 연결을 잠시 생각했다.

F | 나는 1953년, 프랑스 남부에서 태어나 유년 시절을 거기서 보냈다. 세벤Cévennes 산맥에 자리 잡은 그곳에는 캐슈너트 나무가 많았고 작은 개울과 양들이 있었다. 나의 부모님은 그 작은 마을에서 선생 일을 하셨다. 나의 유년 시절은 행복했고, 기억 속의 그때 이미지와 느낌들은 현재의 내 시를 더 풍성하게 해준다. 그러나 내가 열 살이 되던 해에 파리로 왔다. 정확히 말하면 노동자들이 주로 살던 파리 근교의 오베르벨리에Aubervilliers라는 곳에서 살게 되었는데, 이곳은 레드벨트Ceinture Rouge라고 불리는 사회주의자들이 통치하는 지역이었다. 여기엔 가난한 노동자들이 많이 살고, 훨씬 더 많은 실업자들과 이민자들이 있다. 난 이 지역을 사랑한다. 여기엔 사회 정의를 위한 투쟁과 연대와 문화의 기나긴 전통이 있다. 나는 이 지역 사람들에 대한 시를 많이 썼다.

K | 당신은 이 세계의 많은 작가들을 알고 있죠? 그중에서 중요하게 여기는 작가는 누구인가요?

F | 나는 내가 아는 시인들 그리고 알아야 하는 많은 시인들을 좋아한다. 당연하게도 프랑스 시인으로서 나는 몇몇 프랑스 작가들, 프랑수아 비용François Villon, 빅토르 위고Victor Marie Hugo, 기욤 아폴리네르Guillaume Apollinaire, 루이 아라공Louis Aragon에게 큰 영향을 받았다. 나는 아라공의 인생 막바지에 그를 알게 되었다. 그는 우리 문학과 시에 있어서 대가(대부)였고 초현실주의를 시작한 시인들 중 한 명이었을 뿐만 아니라 우리가 'Poésie de la Résistance'라고 부르는, 2차 세계대전 동안 나치즘에 맞선 대표자였다. 그리고 나는 또한 외국 시인들, 월트 휘트먼Walt Whitman,

블라디미르 마야콥스키Vladimir Mayakovski, 베르톨트 브레히트Bertolt Brecht, 파블로 네루다Pablo Neruda, 나짐 히크메트Nazim Hikmet에게도 많은 영향을 받았다. 나는 요즘 시대에 중요한 시인들을 만났었고 때때로 그들의 작품들을 출판했다. 그리스의 야니스 리초스Yannis Ritsos, 니카라과의 에르네스토 카르데날Ernesto Cardenal, 미국의 앨런 긴즈버그Allen Ginsberg, 로렌스 펄링게티Lawrence Ferlinghetti, 잭 허쉬만Jack Hirschman, 팔레스타인/아랍의 마흐무드 다르위시Mahmoud Darwish. 중국의 시문학 중 당나라 시대의 두보와 이백, 백거이 그리고 현대의 아이칭Ai Qing 같은 사람 또한 내게 큰 영향을 끼쳤다.

K | 그럼, 한국의 작가나 한국 문화에는 무관심한 편인가요?

F | 프랑스 사람들이 굉장히 좋은 한국 영화를 보고 라디오에서 한국의 대중가요를 들음에도 불구하고 한국 문화는 프랑스에 잘 알려져 있지 않다. 당신도 참가했던, 올해 5월 말부터 6월에 걸쳐 있었던 페스티벌 같은 것이 한국을 알리는 데 도움이 될 것이다. 나 같은 특별한 경우엔, 20여 년 전에 김지하씨가 옥살이를 할 때의 시를 불어로 번역한 적이 있다. 우리는 이것(김지하의 시와 김지하의 옥살이)을 신문에 실었고, 나는 사회주의 시인으로서, 피에르 에마뉘엘Pierre Emmanuel은 가톨릭 시인으로서 캠페인(투쟁)을 진행했다. 김지하의 시는 굉장히 강렬하다고 느꼈다. 한국의 시는 그 현실 감각과 날것의(가공되지 않은) 표현/전달법 그리고 때때로 격렬함과 미친 듯한 상상력으로 종종 우리를 놀라게 한다. 우리를 흥분시키는 이런 시는 굉장히 현대적이며 우리는 한국 현대시 선집을 출간할 계획

을 했었다.

K | 파리에서 책은 잘 팔리는 편입니까? 프랑스 정부는 출판 사업에 지원을 해주나요?

F | 대대적인 광고의 지원을 받는 예외적인 몇몇 책들을 제외하고선 보통 책들은 잘 팔리지 않는다. 프랑스 출판업자들은 매년 7만 권이 넘는 새로운 이름의 책들을 출간하지만 대부분의 책들은 대중에게 가닿기를 실패한다. 예를 들어, 한 시집이 3백 부가 팔렸다면 이것은 좋은 결과이다. 모든 자본주의 국가가 그렇듯이 편집édition은 대규모 회사에 의해 지배된다. 프랑스에는 3천 개가량의 출판사가 있지만 두 회사가 시장의 50퍼센트 이상을 차지한다. 그리고 책들은 위대한 문화적 전통과 창조와 그것의 질과는 무관하게, 너무나도 자주, 상업적 물건으로 여겨진다.

K | 어리석지만 중요한 질문을 드릴게요. '문학' 혹은 '시'란 무엇입니까?

F | 당신은 시가 세계를 변화시킬 수 있다고 믿는가? 물론 한 편의 시는 총알을 멈출 수 없다. 시는 전쟁을 멈추고 세상을 바꾸기에 충분치 않다. 체 게바라Che Guevara는 다음과 같이 말했다. 당신이 당신의 삶을 더욱 아름답게 하기 위해서는 꿈을 꾸라, 그러나 삶을 변화시키고 싶다면 싸워라. 나는 꿈과 행동이 둘 다 필요하다고 생각한다. 꿈 없는 행동은 어떤 것도 이룰 수 없는 공허하고 가엾은 것이고, 행동 없는 꿈은 위험한 것이다. 시나 노래는 혁명을 만들기에 충분하지 않지만 어떤 혁명도 시나 노래 없이는 만들어지지 않는다. 시와 정치는 같은 논리를 따르지 않는다. 시와 정치는 꽤나 다르고, 종종 상반된 현실이다. 그러나 그것들은 협력하기도

한다. 그리고 좋은 결과를 낳는다. 내 친구인 어느 미국 시인이 말하길, 이것은 왼손·오른손과 같다. 그것들을 혼동해서는 안 된다. 그러나 둘을 함께 사용하는 것이 바람직하다. 나의 뜻은 문학적 장르로서의 시poetry가 없는 정치적 시poème politique는 공허하다는 것이다. 이것은 목표를 잃은 것이다. 정치적이지 않지만 좋은 시는 물론 가능하지만 이것은 중요한 무언가를 놓친 것이다. 나에게 시는 일종의 세상에 대한 민감한 의식(자각)이다. 이것이 내게 시가 중요한 이유이다. 우리가 사는 세상을 좀 인간적이고 아름답게 하기 위하여 시가 필요하다. 돈이 모든 걸 쥐락펴락하는 시기에 시는 우리가 인간 존재이며 삶의 가장 소중한 것은 값을 매길 수 없다는 것을 깨우쳐준다. 시는 현실을 이해하는 방법이며 상상imaginaire의 단계에서 현실을 변화시키는 방법이다. 비유는 현실을 더 크고 넓은 규모로 제공한다. 그리고 우리가 놓치고 있는 주된 자질은 상상이다. XX라는 혁명적 실험이 끝나버린 이후에 모든 인류는 미래가 절단된 것처럼 느꼈다. 그것이 많은 사람들이 왜 좁은 시야를 가지고서 과거로 회귀하고자 하는지 왜 종교, 민족에 집착하고 심지어 인종차별적 행동들을 하는지에 대한 이유이다. 독일의 철학자 에른스트 블로흐Ernst Bloch가 한 말처럼 우리는 더 많은 시와 구체적인 유토피아가 필요하다.

K | 정말 조리 있게 말씀을 잘하시네요. 발드마른 페스티벌을 하면서도 느낀 점인데, 당신은 부드러운 카리스마와 언변, 세계를 통찰하는 눈이 있는 것 같아요. 앞으로의 계획은 뭐가 있나요?

F | 좀더 살면서 가능하다면 사랑하고, 생각하고, 글쓰고, 그리고 싸우고

싶다. 최근 몇 년간 나는 혁명의 역사에 관한 두 권의 큰 시집, 『공공의 대의Cause Commune』와 『사방에 흩어져 있는 프랑스La France aux quatre vents』를 냈다. 나는 3부작을 완성하기 위해 집필을 하고 있고, 탈고 전에 프랑스 말로, 돼지가 날 먹지 않는다면("If the little pigs don' t eat me", 죽지 않는다면 정도의 표현인 듯함) 제목은 '민중 사회Le peuple-monde'가 될 것이다.

나는 그와 생마르탱 운하를 따라 산책했고 예쁜 카페에서 커피를 마셨다. 그가 나에게 '황금'을 선물하겠다고 했다. 그러더니 허리를 굽혀 낙엽을 주워 내 손바닥 위에 놓았다. 누런 플라타너스 잎사귀에 화려했던 여름 태양이 흥건하게 녹아 있었다.

생마르탱의 가을

운하 이야기를 하지 않겠어요

그 다리 옆 북쪽 호텔 얘기도 하지 않겠어요 다리에서 뛰어내려 자살한 남자애나

관절염으로 다리를 절던 노인이 황금 대신에 준 누런 플라타너스 잎이나 마늘에 관해 말하지 않을래요

강에 발을 담그고 강물을 맛보았던 날의 빛나던 바람도 벼랑인 줄 알았는데 꿀맛이었고 차디찬 돌풍인 줄 알았는데 웅덩이였던

이젠 당신의 고생담이 유람선으로 보이던 날에 관하여 들었던 가장 예쁜 산책로는 불에 탔어요

두려움으로 생기가 돌든 충격으로 머리가 돌든

실화는 몰라요

누가 심장에 탄환을 쏘았는지 우리가 저녁을 먹었던 바로 그 캄보디아 식당에서 테러로 수십 명이 죽었다고 보고하지 않겠어요 나는 공식 자료를 몰라요 폭격당한 콘서트장으로 나는 가지 않았어요 역사에 남을 만큼이라든가 최고의 최악의 유일한 전무후무한 이런 말 못 써요

간발의 차이로 왜 이럴까 속을 털어놓지 않을래요 밤새 사이렌

이 울리고 연기가 나는 거리에서 서로 껴안으며 넌 괜찮니 시원한 맥주 한잔이나 그러지 않을래요 초를 켜지 않겠어요 울며 부르는 한탄하다 오 나의 어린 양들이여 다시 포도주를 마시는 이 세상을 나는 생각해요 생각하지만 뛰어다니지만 느껴도 적지 않겠어요

—2015년 10월 18일, 새벽에

클로디 카텔브르통Claudie Catel-Breton 간호사
아망딘 바르보Amandine Barbot 도서관 사서

일시 | 2015년 10월 15일.
장소 | 레퓌블리크 광장Place de la République. 광장 남쪽으로는 마레 지구, 북쪽으로는 생마르탱 운하, 서쪽으로 오페라, 동쪽으로 벨빌로 이어지는 이 광장은 지리적으로 파리의 중요한 허브 역할을 한다. 지하철 3, 5, 6, 9, 11호선이 환승된다. 프랑스 공화국의 상징이라는 마리안느Marianne의 동상이 늠름하게 마레 지구를 내려다보고 있다. 마리안느의 기원은 알려진 바가 없지만, 그녀는 프랑스를 의인화한 인물로서 받아들여지고 있다고 한다. 널찍한 광장에는 보드와 스케이트를 타는 젊은이들이 많아서 늘 활기가 넘친다.

레퓌블리크 광장. 파리의 크고 작은 시위운동의 집결지이다. 나는 가엘이 불러서 그곳으로 갔다. 가엘의 친구들과 나는 시위자들 무리에 섞여 길을 걸으며 얘기했다. 시위 대열은 이곳에 모여 정해진 시간에 이 일대를 가두 행진하는데, 바스티유 광장까지 걸어갔다. 스피커를 통해 크게 음악이 나오고 계속 술을 나눠주는 사람들이 있어서 모르고 보면 그 모습이 파티나 퍼레이드처럼 보이기도 한다. 경찰들이 시위자들 다치지 않게 차량을 통제해주는 모습이 꽤나 이색적이다. 유색인종 노동자들은 '추방 반대' 글귀가 써진 플래카드를 들고 '체 게바라' 라는 쿠바 노래에 맞춰 춤까지 추었다.

K | 클로디, 지금 이 거리시위 행진에 참가한 이유가 뭐니?

C | 나는 병원에서 간호사로 일하는데 명예해직되었어. 프랑스혁명 이후 국민의 행복을 위한 정책을 바꾸려고 하는 정부의 방침에 대해서 나는 문제의식을 가지고 있어. 예를 들면 교육비, 학비 그리고 연금 문제 같은 것인데, 유럽 정책을 미국식으로 바꾸려고 해.

K | 병원에서 어떤 일을 했어?

C | 파리 20구에 위치한 트농 병원Hôpital Tenon에서 산부인과 간호사로 임신부의 건강, 운동, 조화로운 출산 등을 관리했어. 그런데 정부가 퇴직을 늦춰 67세까지 일하라고 했고, 근로재해방지법도 문제가 있어. 나는 노년을 더 자유롭게 살고 싶어.

K | 조금 다른 말이지만, 한국 여성들 출산이 저조한데 너희들은 어때?

C | 프랑스 정부는 임신할 때부터 출산하는 단계까지 출산, 양육, 교육비 등을 보조하는 출산장려정책을 쓰고 있지만 그 효과는 크지 않아.

K | 너는 파리에서 태어났어?

C | 나는 리얼 파리지엔이야(그것을 강조한다). 지금은 앙굴렘Angoulême이라는 파리 남쪽 시골에 살아. 책 읽고 영화 보는 걸 좋아하는데, 오늘은 시위에 참가하러 왔어.

K | 아망딘, 너는 무슨 일을 하고 있니?

가엘과 나는 나이 서른의 아망딘과 그 또래인 위성환 작가를 연결해주려고 했다. "서로 사귀면 어울리지 않을까?" 우리는 속닥거렸지만 정작 두 사람은 초연했다. 싸우는 것, 사랑하는 것, 이 두 가지는 흡사한 삶의 고리로 이 두 가지가 쉽지 않다는 걸 안다. 누군들 모를까마는.

클로디는 기차를 놓칠까봐 일찍 떠났다. 언제든 자기가 사는 동네로 놀러오라고 했다. 생피에르 대성당 Cathédrale Saint-Pierre d'Angoulême 과 이채롭고 신선한 벽화가 많은 골목길로 안내해주겠다면서. 나는 그녀가 노후를 보낸다는 프랑스 남서부의 작은 마을 앙굴렘을 떠올려보았다. 앙굴렘 미술학교가 있고 매년 국제만화축제가 열리는 곳으로만 알던 그곳이 이제는 지긋하고 은근하며 도전적인 나의 친구로 말미암아 친근하게 다가온다.

A | 나는 법학을 전공했는데 도서관 사서로 일하고 있어.

K | 책을 좋아하나봐?

A | 나는 청소년문학을 많이 읽는 편이야. 그래서 십대를 위한 새 책을 고르고 추천하는 일을 좋아해.

K | 건강해 보이는데, 따로 운동을 하니?

A | 나는 매일 20킬로미터씩 걸어. 책 읽는 것도 뇌운동이 되는 것 같아. 4년째 이태리어를 배우고 있어.

K | 한국어에는 관심 없니?

A | 친구 중에 한국에서 입양되어온 사람들이 있어서 한국어와 한국에 관심이 있어.

K | 무슨 데모가 이렇게 축제 분위기야?

A | 우리는 평화적인 시위를 통해 제도 개혁을 주장하는 거야. 시민들이 거리에서 시위 행진하는 것은 민주주의 국가에서 당연한 행위잖아. 집회의 자유를 보장하고 보호해주는 것이 민주주의지. 한국은 어때?

K | 한국에서는 경찰이 물대포를 쏘아대고 시위대를 짓밟는 일도 종종 일어나.

지난 4월 16일, 세월호 참사 1주기 집회에 참가하러 광화문에 갔을 때였다. 평범한 국민으로서 세월호 참사에 대한 정부의 사죄나 진상 규명을 이끌어내는 것과 3백여 명의 무고한 죽음에 대해 추모와 애도를 보내는 것이 상식적인 태도라고 여겼기 때문이다. 단지 그런 이유로 나는 광장을 향해 걸음을 옮겼다. 그런데 전경 버스가 길거리를 에워싸듯 막고 있는 바람에 만나기로 한 친구를 찾기조차 어려웠다. 나는 통행을 방해하며 공포 분위기를 조장하는 정부의 태도를 이해할 수 없었다. 집회의 자유는 고사하고 평화적 행진을 사전에 불법으로 간주하는 것이 아닌가. 한국의 공권력은 누구를 위해 존재하는지.

벌써 171일째다. 세월호 참사가 일어난 이후에도 나는 생활의 여유, 심지어 여행의 설렘을 누리고자 애쓰며 살아가고 있다. 슬픔과 분노로 난파선이 된 심정으로 '바다'를 나의 사전에서 뺐다. "그 배가 가라앉은 후/치미는 것들/바다가 사라진 나의 콤퍼지션//손을 써야겠습니다/나는 난파선/이렇게 쓰는 나는 우리들의 적/우리들이란 당신들 모두를 가리키는 거요"(졸시 「움—Womb」 부분). 이 시를 봄호 계간지에 보내고 나서 나는 슬프고 참혹한 모든 이의 고통으로부터 도망치듯 하지 않았나? 도무지 나의 고통을 직시하지 못하여 물러나서 '잊지는 않겠다'고 주먹을 쥔 채 나의 가슴을 간헐적으로 두드렸다.

오늘밤은 구정물 같은 하늘 아래서 그날의 안산 합동 분양소, 그날의 촛불을 불러일으켜 나는 죽은 소년, 소녀의 이름으로 시를 써보고자 했다. 그러나 삶과 시가 길항하지 못한 채 번져나오는 눈물만 주먹 속에 있다.

인종 차별

알아 나를 보는 거 알아
힐끔거리는 거
나도 내가 가끔 아름다운 거 알아
네 옆의 여자랑 다른 거 알아

나는 풀밭 위의 식사를 좋아하지 않는다

저 먼 맞은편에서 기회를 보는 거 알아 꾸밈없길 바라는 거 알아 벌거벗은 채 엎드리길 바라는 거 알아 안다고 참고 기다리면 온다는 말도 마지막 부분에선 감격적으로 달려온다고 물 한 방울에도 말하는 거 알아 물고기가 생선으로 가는 시간을 알아 프라이팬 위로 나를 깨뜨리는 백발이 된 아기 수호천사가 있다는 말 알아 알거든 나를 굽어살피는 심지어 어루만지려는

마들렌 먹으면서 나는 저수지에서 빠져 죽어가는 사람을 본다
섭리일까
사람을 구하고 죽는 이는 아름다울까

—2015년 10월 16일, 새벽에

최정우

교수·비평가·뮤지션

일시 | 2015년 10월 18일.
장소 | 파리 6구. 메트로 4호선 생미셸Saint-Michel 역. 생미셸 분수대는 파리지앵의 약속 장소로 가장 많이 애용되는 곳이다. 근처에는 센 강과 소르본 대학, 노트르담 대성당 그리고 아름다운 카페들이 즐비해 있기 때문에 이 구역은 항상 활기차다. 생미셸의 먹자골목은 관광객들이 워낙 많아서 늘 장사가 잘되기 때문에 맛있는 식당이 없기로 유명하다.

"검은 A, 흰 E, 붉은 I, 푸른 U, 파란 O: 모음들이여,/언젠가는 너희들의 보이지 않는 탄생을 말하리라." 이 구절은 아르튀르 랭보의 「모음」 1연이다. 그는 이 시의 마지막 연에 이렇게 쓴다. "O, 이상한 금속성 소리로 가득찬 최후의 나팔,/여러 세계들과 천사들이 가로지르는 침묵,/오, 오메가여, 그녀 눈의 보랏빛 테두리여!"

한국어 자음 'ㅁ'을 어떻게 표현할 수 있을까? ㅁ, 군화를 신은 채 쓰러진 병사의 벌어진 입술, 황금색 각설탕, 휘날리던 커튼이 떨어진 너의 창문, 내가 바라보는 공포의 백지……

생각나는 대로 곧바로 써도 이렇게 되니 'ㅁ'이 만드는 이미지와 그 테두리는 무한대이다. 사적인 아이콘이나 지금 내 책상에 놓인 책과 노트북, 비스킷 상자도 그 테두리 안에 들어가겠지. 이 'ㅁ'이 한 음절에 두 개 들어가는 경우는 '몸'과 '맘'이다. 써놓고 보니 신기하다. 어찌하여 몸, 맘에 창문이 많은 걸까? 환기를 자주 하라, 자연스레 열어두라, 아니면 단속을 잘하라는 기호일까? 혼자 추측하며 혼자 웃는다. 아무튼 마루, 미리내, 해류몸해리 등 순우리말은 아름답다.

몸과 마음은 둘이 아니다. 형식이 내용이고 내용이 형식이다. 하지만 자주 따로 작동하는 걸 느낀다. 느낌만 그럴지도 모른다. 아마 이상적이거나 편하지 않은 불안을 동반한 상태일 거다. 그럴 때 둘로 나뉘어진 심신이 길항작용을 하는 것을 느끼는데, 당신의 경우는 몸과 마음 중 어느 힘이 더 센가? 나는 몸으로 사유하는 자가 아닐까?

나는 모처럼 랭보의 시를 읽다가 최정우 작가를 만나러 왔다. 그는 검정 재킷에 보라색 스카프를 매고 왔다.

김 | 오늘 의상 좋은데요? 보라색 좋아하세요?

최 | 예, 제가 제일 좋아하는 색이 검정, 그다음 빨강, 그리고 보라색입니다.

김 | 결혼 축하해요. 2015년 9월 5일에 약현성당에서 열린 결혼식에 나도 갔었죠. 그곳에 파리 학생들 그리고 강산에씨 등 뮤지션들이 많이 참석했던데요. 정우씨도 밴드를 하고 있죠?

최 | 예, 저는 2002년에 레나타 수이사이드Renata Suicide라는 이름의 밴드를 결성해서 지금까지 같은 멤버들과 13년째 함께해오고 있어요. 지금은 제가 파리에 있어서 여름에 간헐적으로 공연을 하지만. 그리고 결혼식에 온

학생들은 이날코에 다니는 학생들인데, 그중에는 6개월 이상 한국에 교환학생으로 온 학생들도 있었고 또 여름방학을 이용해서 한국을 방문한 학생들도 있었어요.

김 | 지금은 혼자 파리에 있어요? 아내는 어떤 사람이에요?

최 | 3년 정도 프랑스에 혼자 살았습니다. 아내는 소설가 노희준이 주선한 자리에서 만나게 되었어요. 이름은 이수정이고 패션디자이너예요. 이번 겨울에 파리에 오면 그때부터 함께 살게 됩니다.

김 | 지금은 어디서 살고 있어요?

최 | 파리 외곽 아르쾨유Arcueil 지역인데요, 작은 정원이 있어서 길고양이 두 마리 두리, 짱고랑 같이 지내요.

김 | 인터뷰 장소를 여기로 정한 이유가 있어요?

최 | 이 카페의 이름은 생미셸 분수 바로 옆에 있어서 퐁텐 생미셸Fontaine Saint-Michel인데요, 그 때문에 저는 이름 그대로 그냥 '분수다방'이라는 애칭으로 불러요. 여기 생미셸 거리에는, 예를 들면 지베르 조제프Gibert Joseph 같은 좋은 책방들이 많고, 근처 소르본 대학 앞에 여전히 브랭Vrin 같은 철학 서점이 있어 책도 사고 산책하기 좋아요. 저는 여기저기 돌아다니는 걸 별로 안 좋아해서 학교 강의 끝나면 이 근처에 와서 CD를 사거나 신간을 둘러보곤 해요.

김 | 파리 이날코 대학 한국학과에서 한국문학만 가르치는 게 아니라 한국 문화예술 전반을 홍보하는 교수라고 들었어요. 공연도 자주 하고 비평도 하느라 바쁘죠? 파리인들의 한국에 대한 관심은 어느 정도예요?

최 | 3년째 강의를 하고 있는데 한국학, 즉 한국어학, 한국문학 같은 거죠. 학생들은 케이팝, 드라마, 영화 등에 열려 있어요. 그들의 한국 대중문화에 대한 관심은 인피니트, 빅뱅, 투애니원 등에서 출발하여 홍상수, 김기덕, 봉준호, 박찬욱, 이창동으로 멀리 번져가요. 한국의 춤, 건축, 미술, 예술 전반에 관심을 가지게 되는 거죠. 그런데 여기에 한국의 유명한 예술가가 와도 학생들은 모르거나 맞부딪치는 기회가 없었기에 저는 학생들과 그 기회를 공유하기 위해 서로 소식을 주고받고 SNS를 적극적으로 활용해요. 최근 요조가 왔었고 주진우, 김제동씨가 왔을 때 학생들의 열기가 뜨거웠어요. 이번 추석엔 한 학생이 "선생님! 한가위에 뭐해요? 추석 행사가 있으니 같이 갑시다"라는 식으로 자신들이 먼저 나에게 한국 문화 행사를 전했어요. 그래서 공원에서 사물놀이 공연을 보았지요. 이처럼 한류 문화로 한국학과는 일본학과, 중국학과에 비해 최근 몇 년 사이에 그 저변이 넓어지고 학생 수도 크게 늘었어요. 학과 초창기부터 힘써온 파트리크 모뤼스 교수님의 공이 크다고 생각해요.

김 | 대학에서 미학을 전공하셨죠. 그 전공이 지금 하는 강의와 어떤 연결점이 있겠죠?

최 | 미학은 이성과 감성의 경계에 있는 학문이며 확정적이지 않고 언제나 흔들리는 영역이라고 생각해요. 흔들리는 경계의 위기 속에서 보다 더 생생한 논리가 나오는 분야죠. 저는 원래 작곡가로서도 오랫동안 일했는데

나의 질문은 '오문'이었고, 그것엔 '정답'이 없었다. 이들의 삶의 양상, 사유가 묻어날 수 있다면…… 대부분 돌발적인 질문의 연을 띄워 텅 빈 중심에 닿아보고자 하는 시도가 아닌지. 그것이 완결되지 않은 날것이며, 불분명해도 괜찮다는 뜻으로 나는 그의 책을 읽었다.

"왜 사유해야 하는가?라는 저 질문에 대한 대답은, 결코 도덕적이고 당위적인 인간학적 정상正常/情狀/頂上의 '정답'을 통해서가 아니라, 그 질문이 누구에 의해 제기되고 누구에 의해 대답되기를 기다리는가라고 하는 또다른 질문, 곧 미적이고 정치적이며 따라서 치명적이고 돌출적인 비정상의 '오답'과 '오문誤聞'을 통해 대답되어야 하기 때문이다."

—최정우 『사유의 악보』 중에서

무대 음악(연극, 무용)이나 영화 음악을 해오던 경험이 어떻게 하면 내게 주어진 강의 시간을 좀더 생동감 있게 '무대화' 할 수 있을 것인가 하는 개인적인 질문과 연결점이 많은 것 같아요.

김 | 강의만으로 이곳 생활이 경제적으로 힘들지는 않으세요?

최 | 한 달 벌어 한 달 먹고사는 형편입니다. 저는 여기 계약직 교수이고 방학 때에도 월급이 나오지만 그리 녹록한 편은 아니거든요. 책, CD를 사지만 읽고 듣고 난 후에는 팔아요. 내가 언제까지 여기 살지 모르지만 재밌게 살려고 해요.

김 | 파리에 유학 오려는 이에게 들려줄 말이 있다면요?

최 | 인문학, 특히 서양 철학과 문학, 그리고 예술 분야를 공부하는 이들이 프랑스 유학을 많이 오는 것으로 아는데, 나는 96학번으로 학교를 다닐 당시에는 꼭 유학이 필요하다고 생각했어요. 그런데 3학년이 지나면서 생각이 많이 변했죠. 그때부터 지금까지 한국에서도 다양한 형태의 예술적 경험과 생산이 가능하고 또 다양한 담론과 논문들을 접할 수 있는 시스템도 크게 확장됐죠. '한국적인 것이 세계적인 것이다' 따위의 세계화를 가장한 편협한 민족주의적 사고에는 개인적으로 반대하지만, 한국 안에서 그 사회의 가장 첨예한 문제들과 대립하며 사유와 예술을 펼치는 것이 가장 근본적으로 세계적인 문제와 맞닿을 수 있다고 생각하게 되었습니다. 그래서 유학에는 다소 회의적인 입장을 갖게 되었죠. 그러나 반대로, 외국에서 다양한 세계 이론과 예술에 영감을 얻으면서 거꾸로 한국의

현상황에 대해 또다른 첨예한 문제의식을 갖게 된다는 점에서 외국 생활의 현장성과 장점이 있다고 생각하기도 합니다. 파리는 물가나 집세가 비싼 편이기 때문에 유학하려는 분들에게는 이런 점도 충분히 고려해야 한다고 이야기해주고 싶어요. 공부하러 오면 고독한 삶이 시작되죠. 논문만 쓴다는 생각을 갖는다면 지도 교수 만나는 게 일과의 거의 전부일 거예요. 그래서 제가 하고 싶은 말은, 공부만을 위해서 이곳에 올 필요는 없다는 겁니다. 프랑스, 특히 파리는 다문화 사회이고 상대적으로 열린사회라는 생각이 지배적이지만, 그 이면의 여러 상황들 때문에 내면적으로나 외면적으로 많은 스트레스를 받을 가능성도 있어요. 예를 들어, 최근 나딘 모라노Nadine Morano라는 정치인이 "프랑스는 백인종의 나라이며, 유대기독교 전통에 기초하고 있다"라고 말해서 프랑스 언론과 국민들의 많은 반발을 샀지만, 저는 이것이 소위 '관용'의 정신으로 대표되는 프랑스의 어두운 내면이 표출된 거라고 생각하기도 합니다. 그런 면에서 프랑스는 사회적이고 정치적인 질문을 매일 던져보게 되는 나라이기도 하죠. 가장 중요하고도 어려운 문제는, 그 어디에 있든 자신이 살고 있는 세계에 대한 첨예한 문제의식을 잃지 않고 유지하는 것이라고 말하고 싶습니다.

내가 그의 긴 손톱, 검정 뿔테안경과 노트르담 뒤쪽을 바라보는데 그가 말했다. "노트르담 뒤편을 좋아하는 아내는 '저거 날개 같아. 저걸 타고 우주로 날아갈 것 같지 않니?'라고 말했어요."

우리는 센 강변을 걸어 노트르담 대성당을 바라보았고 낙엽들과 수많은 관광객이 흐르는 일요일 오후를 지나고 있었다. 그리고 우리는 장미,

망고, 코코넛 중에서 고르느라 아이스크림 가게 앞에 한참 있었다.

한 가지 사과할 일이 있다. 최정우와 만나고 사흘 후에 나는 이날코 대학에서 특강을 했는데 그 두어 시간 뒤에 학생들로부터 설문지를 받았다. "만약 멀리 이국에서 친구가 온다면 당신은 그와 함께 파리의 어느 장소를 걷고 싶나요?"라는 질문과 함께 네 개의 질문이 담긴 설문이었고, 거기에 쉰 명 넘는 학생들이 꼼꼼히 답변을 작성해주었다. 나는 그 자료를 이 책에 싣고 싶었다. 그런데 강의를 마치고 지하철을 타고 숙소로 오는 길에 내 옆자리의 늙은 백인 여성이 나에게 자리를 옮기라며 짜증을 내는 바람에 천가방을 그 의자 위에 놓고 다른 데로 피해 서 있다가 그대로 내려버렸다. 그녀는 내가 보고 있는 휴대전화에서 발생하는 전자파 때문에 건강에 위험을 느끼며 머리가 터질 지경이라고 했다. 내가 분실한 그 가방 안에는 몇 권의 책과 자료, 필통, 학생들의 설문지가 들어 있었다. 그래서 여기 학생들이 손가락을 오므려 쓴 깨알 같은 답변을 싣지 못했다. 자신들의 사연이 책에 실릴 줄 알고 기다릴 텐데. 정말 미안하다.

후일담

그는 나의 동, 서, 남, 북이었고
나의 주중이고 나의 일요일 휴식이었으며
나의 정오, 나의 자정, 나의 이야기, 나의 노래였다
—W. H. 오든, 「장례식 블루스」 부분

놀러온 친구들은 노닥거리다 짐을 맡겨놓고 나갔다 미라보 다리로 피카소 아폴리네르의 세탁선으로 누가 살다 떠났는지 알 수 없는 이 아파트에서 나는 여기 살던 이가 궁금하다 더운 물도 안 나오는 이 더러운 곳에서 심장마비로 죽지는 않았겠지

나는 생라자르 역 근처의 아파트에서 추위에 떨며 혼자 글을 쓰려 애쓰는데 위에서 뛰어다니는 소리가 난다 어제 자정 무렵에는 비명 소리도 들렸다 꼭대기 층이라 위엔 사람도 없을 텐데

올리브에 맛을 들이기 시작한 터라 나는 포도주를 더 많이 마시게 된다 다시 비명 소리 사람 음성을 닮은 피아노 소리 나는 벽을 기어서 천장의 창문을 열고 지붕으로 올라갔다 혈기왕성해 보이는 훤칠한 청년이 피아노를 향해 소리 지르고 있었다

—이봐 올리브 네가 그렇게 세게 거칠게 치니까 피아노가 남아나지 않잖아

—네번째로 산 피아노인데 이것마저 망가졌어 도무지 연주 습관을 고칠 수 없군

—네 곡은 진저리나 너무 집중하게 만들잖아 난 집중이 정말 싫거든

그는 투신할 기세로 서편 대로를 내려다봤다 너무 오래 내가 그를 붙잡고 있었다는 것을 깨달았다 나는 그의 허리를 놓고 의자처럼 엎드렸다

—나를 발판으로 뛰어내려

—간단한 요기를 했으면 좋겠는데

도저히 말도 안 되는 게 음악이라서 나는 목덜미를 그에게 준다 올리브는 나를 마시고 십대들의 대규모 공동주택으로 날아갔다

나의 친구들은 유명한 작가들이 머물렀던 장소에서 미적 욕구를 충족하고 돌아왔다 구시가지와 신시가지가 연결된 곳에 기억의 돌이 있었다고 했다

—2015년 10월 18일, 저녁에

에두아르 쥐베르Edouard Jubert

바리스타

일시 | 2015년 10월 21일.
장소 | 라 카페오테크La Caféothèque de Paris. 파리 4구. 메트로 7호선 퐁 마리Pont Marie 역. 카페와 도서관을 뜻하는 비블리오테크를 합쳐서 이름을 만든 카페 라 카페오테크는 파리에서도 커피가 맛있기로 유명하다. 커피맛도 맛이지만 자유롭고 편안한 카페 분위기가 파리지앵을 불러모은다.

뼛속까지 한기가 드는 추위다. 전철을 탔는데 몇 정거장을 채 못 달리고 전철이 섰다. 3분 정도 정전이 되었는데 당황하는 사람은 나밖에 없었다. 파리 사람들은 이런 사태에 익숙한 듯했다. 나는 다음 역에서 무작정 내렸다. 오페라Opéra역이었다. 구내 벽에 하루키의 신작 소설 홍보 포스터가 붙어 있었다. 신기하게도 그 맞은편 벽엔 한국 출판사의 계간지 커버 사진들이 전시되어 있었다. 내년이 한·불 수교 130주년이어서 그런 게 아닌가 싶다. 음습한 날씨와 고약한 냄새가 벽과 바닥에서 올라오는 바람에 벽 게시물을 꼼꼼히 보기 어려웠다. 사실 이곳의 지하철은 낡고 냄새가 많이 나며 통로에는 지린내가 진동한다. 지하철역 내에 화장실이 한 군데도 없기 때문에 밤에 취객들은 아무데나 소변을 보기 일쑤다.

나는 저번에 갔던 라 카페오테크가 맛있는 커피를 파는 유명한 가게라는 걸 알고 그곳의 바리스타와 인터뷰 약속을 잡고 거기로 찾아갔다. 손님이 항상 많지만 그가 조금 쉴 수 있는 시간이라고 했다.

K | 나는 네가 만들어준 커피가 지금까지 마셔본 커피 중에서 가장 맛있었어. 너는 뛰어난 바리스타인데 언제부터 이 일을 시작했니?

E | 나를 좋은 바리스타라고 말해줘서 고마워. 내 여동생이 캐나다를 여행할 때 '제3의 물결 커피Third Wave Coffees'에 대해 알게 되었고 그녀의 제안으로 함께 파리에서 커피 투어를 하면서 덩달아 나도 커피에 관심을 갖게 되었어. 몇 달 후, 그러니까 올해 1월 일인데, 우연한 기회에 라 카페오테크에서 웨이터로 일한 기회를 얻게 되었고, 이곳의 커피를 좋아하는 사람들 그리고 여기의 분위기에 끌려 이곳에서 바리스타가 되고 싶다는 생각을 품었어. 이곳의 사람들에게 커피에 대한 모든 것을 배웠고 그들은 내가 바리스타가 될 수 있게 도와주었지. 8월부터 난 정식 바리스타가 되었어.

K | 손님이 많아서 힘들겠다. 너는 하루에 얼마나 오래 일하며 몇 잔의 커피를 만드니?

E | 난 하루에 10시간 일을 하며 4백여 잔의 커피를 만들고 그렇게 일주일에 4일을 일해. 내가 이 일을 사랑하는 건 에스프레소의 질감 때문이야. 에스프레소 한 잔에는 정말 많은 변수들이 있고(어떤 원두를 썼는지, 어떻게 로스팅했는지, 얼마만큼의 압력을 가해 커피를 샷을 뽑았는지, 이런 모든 미묘한 차이로 인해) 모든 에스프레소가 다르다는 것은 정

말 놀라운 일이야. 나는 모든 에스프레소를 내릴 때 '골드 샷Gold Shot'을 만들려 노력하곤 해.

K | 네 커피가 유독 맛있는 건 골드 샷에 기인한 거 같은데, 골드 샷은 어떤 거야?

E | 내 커피를 좋아해줘서 고마워. 아까도 말했듯이 모든 에스프레소를 만들 때 골드 샷을 만들기 위해 노력해야 해. 나에게 골드 샷이란 가지고 있는 원두에서 최상의 에스프레소를 추출하는 것을 의미할 뿐만 아니라 이것을 마시는 사람이 맛과 향과 그 느낌을 언제나 기억할 수 있는 그런 샷을 말해. 내 커피를 마시는 손님에게 하나의 지침서(참고서)가 되길 바라. 나는 그런 골드 샷을 스페인의 산 세바스티안San Sebastian에서 맛봤어. 그때의 에스프레소는 내게 지침서가 되어, 난 그라인더를 준비할 때마다 그때의 샷을 마음속에 그리곤 해. 그때의 맛과 향을 고스란히 내가 지금 뽑는 에스프레소들에 담으려 항상 노력하지.

K | 너는 파리를 좋아하니? 난 요즘 너무 춥고 힘들어서 이 소란한 도시에 대한 감동이 없는데.

E | 나는 프랑스 남서부의 바스크인들이 많이 거주하는 생장드뤼즈Saint-Jean-de-Luz에서 태어났고 파리에서 자랐어. 난 이 놀라운 도시를 정말 사랑해. 네가 파리의 아름다움을 애써 찾으려 하지 않더라도 이 도시는 너에게 그 아름다움을 알려줄 거야.

K | 네 전공은 뭐야?

나는 에두아르에게 "참 잘 생겼다"고 말했다. 몇 살인가도 물어봤다. 그러지 말걸. 내가 만난 파리 사람들은 나에게 예쁘다거나 잘생겼다는 말을 하지 않았다. 단지 옷이 잘 어울린다거나 기분이 좋아 보인다든가 그렇게 표현했다. 그들은 자신의 잣대로 미추를 구분하여 직접적으로 말하는 게 일종의 성추행에 가깝다고 생각하는 걸까? 잘 알지도 못하는 사이면서 예쁘시네요, 참 미인이십니다, 피부가 고우세요, 외모 가지고 그러지 말기.

Edouard Jubert

E | 난 파리2대학에서 경제학을 전공했지만 내 전공을 좋아하지 않았어. 컴퓨터 프로그래밍을 배웠고 지금 하고 있는 일은 스페셜티 커피에 관한 거야.

K | 일이 없는 날, 휴일엔 주로 뭐해? 취미 같은 거.

E | 여가 시간엔 친구들을 만나거나 커피 여행을 떠나거나 해. 뿐만 아니라 프로그래밍과 어플리케이션/소프트웨어 만드는 것을 배우기도 하고. 휴일엔 고향에 내려가 가족들과 친구들을 만나서 파티를 하거나 서핑을 즐기기도 하고 내 고향의 문화에 취하기도 해.

K | 너는 장래 계획을 세웠겠지?

E | 미래에 나는 현재 관심을 갖고 있는 두 분야에서 좀더 발전되어 있길 바라. 바리스타로서의 나와, 프로그래머로서의 나의 열정을 연결 지을 방법을 찾았으면 좋겠어.

K | 너 자신을 한마디로 뭐라고 소개할래?

E | 난 네가 할 수 있을 거라 믿어. 넌 방금 나를 인터뷰했으니까. 하지만 자기 자신을 정의 내린다는 건 어려운 일이지. 자신 있게 말할 수 있는 건 내가 열정적인 사람이라는 사실이야. 난 내가 하는 일에 있어 최선의 결과를 내기 위해 노력하고 그런 열정을 주변 사람들과 나누길 좋아하니까.

나는 그가 주는 커피를 한 잔 마셨으나 테이크아웃으로 한 잔 더 사서 숙소로 오는 길에 커피를 옷에 쏟았다. 트렁크에 있는 옷 전부가 다 더러워진 상태여서 갈아입을 게 딱히 없었다. 그다음날에 나는 숙소 근처의 코인 빨래방으로 세탁물을 가져가서 빨아야 했다.

예술과 직업

자다가 깨니 내릴 역이다
잠든 동안에도 깊이 자지 못하고 내릴 곳에서 귀신같이 깼으니

나는 귀신처럼 다 살지 못하고
사랑할 때도 깊숙이 사랑하지 못하였다
여분의 무엇이 필요했나

선잠처럼 선삶을 살아
설익은 국수에 기름을 부었다
들라크루아가 드나들던 카페에는 뭐하러 갔나

남은 잠을 다 자려고 하면
코인 세탁방에도 가야 하고
복도엔 한 남자가 앉아 있고 쭉 여자 남자 누워 있고
이들은 옆방에서 술 마시며 놀다가 좁은 방에 다 잘 수 없으니까
전철은 끊어졌으니까
쥐가 돌아다니던 복도에 신문지 깔고 잔다

나는 그들의 얼굴을 밟지 않고 나의 방으로 갈 수 있다
아래층의 중국 매춘부들이 피갈 역으로 나가면
나는 그들이 널어놓은 속옷처럼 처진 음악을 들으며
나에게 남은 나머지 잠을 잘 것이다

웃는 동안에도 덜 삶은 국수를 씹듯 인상을 찌푸리지만
조금 모자라게 살아 있지만
가끔은 새의 주검처럼 길 한가운데서
나는 종종 죽기도 하는 것이다

'예술과 직업'으로 번역되는 지하철 이름의 역 앞에서
소매치기를 당했을 때도 나는 죽을 것 같은 기분으로
삶을 사랑했다
낙태된 태아처럼 아무도 없이
덜 살아 있었고 미진했으며 완벽했다

지금 나는 파리의 가장 가난한 동네 쓰레기라 불리는
이민자와 불법 체류자들로 조용할 날 없는 여기서
나머지 잠을 자려고 한다

—2015년 10월 21일, 밤에

세바스티앙 부아소Sébastien Boisseau

콘트라베이스 연주자

일시 | 2015년 10월 23일.
장소 | 파리 3구. 메트로 11호선 랑뷔토Rambuteau 역. 메종 드 라 포에지Maison de la Poésie는 파리의 현대미술관 퐁피두센터Centre Pompidou에서 도보 5분 거리에 위치한 시의 집으로 이곳에서 뮤지션과 아티스트들이 시낭송 공연을 한다. 파리지앵들의 시에 대한 사랑을 느낄 수 있다.

나는 숫자에 약하다. 단어는 잘 외우는데 숫자 암기력은 지나치게 약하다. 어제 사먹은 화덕 피자가 맛있더라고 하니 세바스티앙이 그 가게 이름이랑 피자 가격을 물었다. 공연 마치고 거기서 저녁 먹을 거라며. 나는 가게 이름을 알려줬지만 그 가격은 말하지 못했다. 나를 맹한 인간으로 보지 않았을지 염려된다. 그는 더블베이스 연주자인데 메종 드 라 포에지 무대 공연을 했다. 우리는 공연장에서 인터뷰를 시작하였고 걸으면 5분 거리인 현대미술관 퐁피두센터 앞 카페로 가서 나머지 인터뷰를 했다. 나는 그 카페 이름을 적고 싶지만 기억하지 못하겠다. 아, 기억났다. 카페 보부르Café Beaubourg. 세바스티앙과 술을 많이 마셔서인가? 이제는 단어도 잘 기억하지 못하게 되었나? 치매가 오는 걸까? 한국에 두고 온 내 차도

3년 넘게 탔는데 번호가 기억 안 나며 강사료와 원고료가 입금되는 통장 번호도 자주 헷갈려서 번번이 확인한 후에 적어준다. 이런 결점을 고치려고 노력하지만 두뇌의 문제가 아닌가 싶다.

메종 드 라 포에지 앞에서 나는 그의 앨범 〈우드WOOD〉를 들어보았다고 말했다. 콘트라베이스가 만드는 재즈 선율이 조금 난해했다고, 깊은 공명 끝에 갑작스러운 침묵은 무거운 새가 한 나무에서 다른 나무로 급히 옮겨가는 느낌을 주었다고 그랬던 것 같다. 그는 나의 말을 유심히 들었다.

음반의 트랙 리스트라도 소개하고 싶다.

1. Grounds
2. Yggdrasil
3. Lonyay Utca
4. L'emplacement Exact Est Tenu Secret

5. Jugglernaut

6. Mar Y Sal Nights

7. Angel's Thought

8. Introducing Old Tjikko

9. Old Tjikko

10. Is That Fado Again?

11. From Time To Time Free

12. Aquatism

— 〈Wood〉 Sébastien Boisseau & Matthieu Donarier

K | 라 메종 드 라 포에지에서 공연을 잘 봤습니다. 오늘 공연을 한 소감은 어떠세요?

S | 무대에서 더 자유로움을 느껴요. 무대에서의 움직임 속에서 뭔가를 깨닫게 되죠. 음악가는 일상에서 더 뻣뻣한 느낌입니다.

K | 음악가 두 명과 시인 한 사람이 그 소리를 맞추었는데요. 낭독하는 시의 흐름을 느끼면서 음악을 연주했나요?

S | 영화와 시가 음악하고 잘 어울리지 않는다는 편견을 깨고 싶어요. 나는 음악가로서 시의 리듬, 영화의 흐름을 더 배우고 싶어요.

K | 많은 악기 중에서 하필 무거운 더블베이스를 연주하게 된 계기가 있을까요?

S | 나의 악기는 무거운 여자 같죠. 옮길 때에는 바퀴를 달고 옮겨야 합니다. 어릴 때 시골 학교에서 피아노, 기타를 배우려고 했는데 자리가 없었

나는 세바스티앙의 악보 노트를 보았고 그는 내 습작 노트를 펼쳐보았던 밤이었다. "언제 시를 써요?" "아무때나요. 길가에서든 카페에서든……" "오늘밤에도 쓸 거요?" "아마 초고는 쓰겠죠" 나를 뚫어지게 바라보며 그가 망각해버릴 섬광 같은 음악을 떠올렸기를……

Sébastien Boisseau

어요. 아버지께서 다른 학생이 잘 연주하지 않는 첼로나 더블베이스를 권하셨죠. 그리고 클래식 연주를 하길 원하셨어요. 그런데 나는 넥타이를 매고 하는 그런 연주가 싫었고 재즈가 지닌 자유로움이 좋았어요. 이렇게 큰 악기를 갖고 다니면서 연주하려면 건강이 중요해요. 어렸을 땐 술, 담배, 주색잡기를 했으나 나이가 들면서 조심합니다. 내일 또 일해야만 하니까요. 그리고 내 악기는 1890년에 만든 비싼 악기라 조심히 다룹니다. 비행기 탈 때는 일반인보다 세 시간 더 일찍 공항에 도착해서 악기를 옮기곤 하죠.

K | **파리인들의 재즈에 대한 호응도는 어떤가요? 높은가요?**

S | 내 콘서트의 50퍼센트는 유럽 일대, 그리고 50퍼센트는 파리 내에서 이루어집니다. 파리에서 일하는 건 꽤 힘들어요. 재즈 뮤지션은 다른 나라의 경우 연극, 영화 등 다른 장르와 관여하여 협업이 원활한 반면에 파리에서는 그렇지 않습니다. 외국 음악가와 공동 콘서트를 할 때 별다른 문제를 느끼지 않는 것은 우리의 공통 언어가 음악이기 때문입니다.

K | **특별히 좋아하는 음악가가 있나요?**

S | 나는 더이상 일반적으로 음악을 즐기지 못합니다. 재즈 뮤지션들은 항상 공동 운명체니까 동료의 음악을 잘 듣고 이해해야 합니다. 즐긴다기보다는 공동의 연주를 위하여 감각을 세워 듣게 되는 거죠.

K | **한국의 음악을 알고 있나요?**

S | 나는 한국에 한 번 가보았습니다. 서울은 옛날과 현재가 공존하는 느낌이었는데, '빨리빨리'로 표현되는 문화를 직접 체험하지는 못했듯이 음악도 깊숙이 이해할 기회가 없었습니다. 앞으로 기회가 닿는다면 한국의 음악을 느껴보고 싶어요.

K | 당신에게 음악이란 무엇인가요?

S | 음악은 당신이 듣는 모든 것과 당신이 이해하는 그 모든 것 사이에 존재하는 것입니다.

그는 조금 전 연주를 마친 상황이라 다소 피곤했고 밤은 깊었다. 우리의 인터뷰는 간략하게 마무리되었다. 그리고 우리는 함께 와인을 마셨다.

창가에서

수돗물을 마신다 불도 냉장고도 없다 나는 식료품을 창밖 창틀에 가지런히 놓아둔다 날이 더 추워지면 냉동실도 생기겠지 나의 그랜드 냉장고는 모서리가 북극 오로라에 닿아 있다

새와 고양이로부터 나의 물고기를 지키려고 내가 창가에 있는 건 아니다

나는 수돗물을 마신다 흙과 물에서 내가 생겨났을까

마주보이는 건물은 낡아서 무너질 것 같은데 집을 버리고 모두 떠났을 것 같은데
조금 전 한 개의 창문에 불이 켜졌다

나는 육체를 만지듯 요리책을 쥐고 최소한의 재료로 만들 수 있는 관능적인 음식을 만들 것이다 우습게도 달걀을 손바닥에 놓고 왜 너는 폭발하지 않는 거니 묻는 거나 뭐가 다른가

그리하여 나는 수돗물을 마시다 뿜고 저렴한 와인을 찾으려는 거다 맞은편에서 무너질 건물에서 붉은 머리칼인지 회색 머리칼인지 구별할 수 없는 사람이 창문을 열었을 때

작은 새가 경쾌하게 울며 내 창가로 날아왔을 때

나는 음산한 냉기의 저녁 시간을 아침부터 살았음을 안다 그리고 오래전부터 창가에 있었을 화분을 처음으로 바라본다

사람이 살고 있다는 뜻이다 창가에 대체로 붉은 꽃을 피운 화분이 놓여 있다는 것은 그 안에 누가 산다는 입증이라고 들은 적 있다 맞은편 저 방안에 등이 굽은 은발의 가련한 이가 혼자 저녁을 먹고 있을 거다

나는 창가에서 빵에 빨간 피망을 쑤셔넣고 수돗물을 마시며 화분처럼 위태롭게

—2015년 10월 24일, 저녁에

스테판 올리바 Stéphan Oliva

재즈 피아니스트·작곡가

일시 | 2015년 10월 14일.

장소 | 스테판의 집 43 rue du Camp 93230 Romainville. 로망빌은 파리 동쪽으로부터 3km 떨어진 거리에 위치한 조용한 도시이다. 기원전 53년에 로마인들이 터를 잡고 살아서 로망빌이라는 지명이 붙었다. 제2차 세계대전 때 두 차례의 폭격으로 인해 폐허가 되었다가 수십 년에 걸친 시민들의 노력으로 완벽히 도시 복원을 해서 도시 재활 프로젝트의 모델이 되고 있는 마을이라고 한다. 언급하고 싶은 장소로는 87년의 역사를 가진 '트리아농'이라는 영화관이다. 여기서는 영화 상영뿐만 아니라 교육센터 및 로망빌 지역 문화 활동이 이루어지고 있다.

잠든 내 얼굴 위에서 전기톱날이 돌아가는 것 같았다. 나는 흩어지는 심장으로 눈을 떴다. 벽 너머와 창밖에서 요란하게 부수고 갈아대는 소리가 들려 창문을 열고 밖을 내다봤다. 서너 명의 인부가 입구 쪽에서 공사를 하고 있었다. 계단을 교체하고 벽에 칠도 다시 할 거라는 얘길 며칠 전에 들었던 것 같다. 이 건물은 지은 지 백 년이 넘었기 때문에 좁아터진 계단은 군데군데 부서지고 심하게 삐걱거리며 배관에서 물이 새는 등 보수할 데가 한두 군데가 아닌 건 사실이다. 이 공사가 그리 오래 걸리지 않길 바랄 뿐이다.

청자색 하늘은 오전부터 음산한 분위기를 만들었고 바닥은 얼음장 같아서 10월 중순이 아니라 연말인 듯했다. 오늘 인터뷰할 피아니스트는 나를 자신의 집으로 초대했기 때문에 작은 선물이라도 준비해 가야 할 것 같았다. 가장 두꺼운 외투를 입고 집 근처 모노폴리로 가서 와인 한 병을 샀다. 보르도Bordeaux 와인 샤토 라투르Château Latour를 사면 좋겠지만 로제 와인을 할인가로 팔고 있어서 그걸 선물하기로 했다. 여름에 어울리는 와인이지만 한여름의 독감처럼 특별하게. 그리고 바나나와 마들렌 한 봉지는 나를 위해 샀다. 큰맘 먹고 잿빛 담요도 한 장 샀다. 매트리스 위에 깔아놓고 지내다가 떠날 땐 두고 가더라도 당장 필요한 거니까. 아니 열흘 전부터 절실했던 담요다.

오늘은 사진작가 성환씨가 학교 가야 해서 혼자 로맹빌에 있는 주택까지 주소를 보며 찾아가야 한다. 담요를 타고 날아가고 싶다. 담요를 타고 주문을 외면 사랑하는 사람에게 갈 수 있다고 믿었던 때가 있었다.

K | 초대해주셔서 감사합니다. 집이 좋군요. 정원도 예쁘고요. 여기 오래 사셨나요?

S | 2년 전부터 여기 살고 있어요. 오기 전에 몽트뢰유에 살았는데 여기가 파리와 더 가깝고 2, 3년 내로 전철이 개통된다고 하지만, 실제로는 파리라고 할 수 없어요. 변방이죠. 옛날 영화를 보면 1950~1960년대 파리가 이 마을과 같아요. 여기선 음향 방음 때문에 이웃과 감정 상할 일이 없습니다. 이 집은 어릴 때 내가 살던 집 같아요. 나는 꽃이나 야채 같은 사람인데 땅이 있어야 마음이 피어나는 성격입니다. 여기서 아내와 같이 책도 읽고 자전거도 타고 탁구도 하려고 했는데 시간이 별로 없어서 아내의 취미를 맞춰주지는 못해요.

K | 인접 장르 예술에 관심이 있으시죠?

S | 물론 많습니다. 나는 재즈로 음악을 시작했는데요. 재즈는 복합적 음악이니까 연주, 영화, 만화, 서커스와 같이 음악을 만들었어요. 실제로 10년 전엔 만화 〈이상한 나라의 앨리스〉를 서커스적 음악으로 제가 제작했죠. 만화 〈리틀 니모Little Nemo〉의 배경음악도 만들었고요. 어릴 때 만화를 보며 영상도 그렇지만 음악에 무척 매료되었거든요. 나는 1930년대의 무성영화를 상영하면서 피아노로 배경음악을 연주하기도 합니다. 가끔 낯선 장면을 연출하려고 컴퓨터로 두 개의 흑백영화를 겹쳐놓고 색채를 입히며 리메이크도 하죠.

K | 하루 연주 연습은 얼마나 하세요?

S | 여기 2층 작업실에 피아노가 세 대 있는데 보통 별일이 없다면 하루 종일 연습을 합니다. 요즘은 콘서트 때문에 편지, 이메일 관련된 일이 있어 방해를 받고 있어요. 인터넷이나 휴대전화의 나쁜 점은 연습을 계획대로 하는 데 지장을 주는 거예요. 이메일로 '네, 알겠습니다', '곧 연락드리겠어요' 이러다가 죽겠어요. 예전엔 비서가 있었는데…… 반면 무대엔 휴대전화가 없고 인터넷도 되지 않아서 정말 자유로워요. 무대가 좋아요.

K | 첫 음반이 언제 나왔어요?

S | 1991년 트리오 색소폰, 바이올린 삼중협주곡 음반을 냈고 지금까지 스물다섯 장쯤 되는 앨범이 있어요. (그는 일어나서 자신의 음반들을 찾아 가지고 왔다.) 나는 유명한 만화가와 일을 시작해서 아주 운이 좋았고 많은 영

스테판의 집은 정원이 있는 2층 주택이었는데 그 2층에 작업실이 있었다. 그는 작업실의 그랜드피아노로 연주를 들려주었다. 제롬 컨Jerome Kern 작곡의 〈Smoke gets in your eyes〉와 자신이 작곡한 〈My Brooklyn Boogie〉. 내가 〈아리랑〉을 노래하자 그는 곧바로 그 노래를 재즈 스타일로 편곡하여 연주했다.

화 작업에 참가할 기회가 있어서 지금까지 살고 있어요. 어떤 날은 아침 여덟시에서 밤 여덟시까지 '필름 누아르Film Noir'를 녹음하고 다음날 '에프터 누아르After Noir'를 곧바로 녹음할 정도로 넘치는 음악에 대한 넘치는 열정으로 가득한 날들이 있었죠. 지금도 제일 큰 문제는 시간입니다. 우리에겐 시간이 별로 없어요. 나는 폴 오스터의 소설을 테마로 피아노 연주곡을 만든 앨범이 한 개 있고 히치콕 영화와 결합해 24시간 동안 영화를 상영하며 즉흥 피아노 연주를 한 음반도 있어요. 시인, 배우, 작가, 가수 등과 자주 연주하기를 즐깁니다.

K | 한국의 나윤선과 공연했어요?

S | 나는 원래 그녀를 몰랐어요. 어느 날 우연히 재즈 잡지를 보다가 나윤선의 인터뷰를 읽었죠. 그녀가 이렇게 말했더군요. "내겐 꿈이 하나 있어요. 스테판과 공연하는 것이에요." 그래서 나는 그녀를 만나 공연했죠. 2010년 '12월의 서울Séoul en Décembre'을 시작으로 그때부터 네다섯 번 라디오, 기획 콘서트 등을 했죠. 이제 나윤선은 바쁜 사람이 되었어요. 나한테도 그녀와 공연할 계획이 별로 없어요. 재즈 음악가는 자유롭게 일하는 사람입니다. 나는 프로듀서 에이전시가 원하는 똑같은 음악이 아니라 매년 새롭고 다르고 자유로운 형식을 만들고 싶습니다.

K | 지금이 10월 중순인데, 한겨울 날씨 같아요. 크리스마스에는 누구와 보낼 예정이세요?

S | 옛날 시골 살 때에는 사계절이 분명했어요. 지금은 가을이지만 한겨울 날씨죠. 나는 날씨와 무관한 삶을 사는 것 같아요. 눈, 비, 바람도 좋아합

니다. 크리스마스엔 동생 가족, 딸, 사촌과 모이겠죠. 특별한 건 없어요. 평소 같은 하루일 겁니다.

K | 자신의 롤모델은 누구예요?

S | 물론 재즈 뮤지션이죠. 어릴 때 빌 에반스 콘서트에 간 적이 있는데, 그가 무척 돋보였어요. 그러나 재즈는 매일 다릅니다. 재즈 콘서트는 언제나 때에 따라 다르죠. 제일 중요한 사람은 빌 에반스 같은 슈퍼스타가 아닙니다. 같이 음악하는 공연자, 동료, 동시대의 벗들, 그들이 나의 롤모델입니다. 나는 항상 잘 알려지지 않은 뮤지션의 음악을 찾아서 들어요. 그들이 굉장히 새롭습니다.

K | 당신은 무엇을 위해 연주를 해요?

S | 콘서트와 DVD 만들기는 달라요. DVD는 모르는 이에게 보내는 편지 같아서 예쁘게 만들려고 애를 씁니다. 콘서트는 다르죠. 모든 이와 여러 시간 공유하는 세계입니다. 즉흥적인 소통이 가능해요. 음악은 말이고 놀이입니다. 모든 이가 이해할 수 있는 음악을 추구한다고 하면 당신은 실망할까요? 어느 날 언젠가 내가 당신을 인터뷰하겠습니다.

내겐 지금 시디플레이어가 없다. 망가졌다. 내용은 있으나 형식이 없는 시 같다. 음악이 기분을 전환해준다는 말, 안 믿는다. 심란하고 울적할 때 신나는 댄스 뮤직 들으면 마음이 가벼워진다는 말, 안 믿는다. 글렌굴드의 연주곡을 틀어놓고 누워 천장을 보고 있으니 울적했던 맘이 슬픔에 잠식된다. 클래식은 특히 그렇다. 바흐와 차이콥스키 곡을 연주하는 글렌굴드의 피아노 소리는 심연을 건드린다. 그의 피아노는 사람의 음성을 지녔다. 나는 아름다운 음악은 아름다운 시처럼 세상과 불화하여 고독한 이의 곁에서 그를 더욱 슬프게 만든다고 느낀다. 스테판 올리바가 자신의 앨범을 선물로 내게 주었다. 그가 곡을 만들고 직접 연주한 피아노곡 앨범이다. 타이틀은 '에프터 누아르'이다. 4번 트랙의 〈에프터 다크after dark〉를 들어보고 싶지만 시디플레이어가 없다. 잃어버리지 않는다면 귀국한 후에 들을 수 있겠지. 앨범 재킷 뒷면은 검은색이고 흰 글씨로 연주곡 제목이 적혀 있다. 비닐 커버도 뜯지 않은 채 나는 그 제목들을 읽으며 곡의 기법이나 템포를 상상해본다. 아마도 그를 닮아 잔잔하겠지. 날카롭거나 고도의 다채로운 기법을 넣진 않았을 거야. 열정적인 멜로디가 없진 않겠지. 첫인상은 중요하다. 처음 만나 몇 초 안에 그 인상이 결정되므로 호감가는 첫인상을 만들기 위해 사람들은 노력한다. 요사이에는 면접을 볼 때도 첫인상을 채점한다는 말도 들었다. 나도 누군가를 만날 때, 그의 첫인상에 좌지우지되는 편이다. 그 인상이 오래가는 경우도 있고 아예 믿어버린 적도 있다. 그렇지만 그와 친숙해지면 전혀 다른 얼굴을 맞닥뜨리게 되었던 적도 있다. 나는 첫눈에 쏙 들어오는 시보다 읽을수록 알게 되는 시를 더 좋아한다. 쉽고 편해서 좋고 심금을 울려서 감동적인 시보다 난해한데 묘하게 끌리는 시를 좋아한다. 남들이 다들 좋다고 하는 시보다 남들이 잘 모르는 숨은 시를 찾고 싶다. 연예인이 텔레비전 프로그램에 나와서 좋다고 해서 몇만 부씩 팔리는 시보다 가난한 예술가가 좋아하는 시에 더 관심이 간다. 찬사보다 놀람을 주는 시가 좋다. 보면 볼수록 자세히 볼수록 좋아지는 시는 어떻게 쓸 수 있을까? 추천사 붙은 스티커를 떼고 비닐을 벗겨내고 스테판의 시디를 시디 케이스에 넣고 첫 곡이 흘러나올 때까지 상상이나 선입견을 갖지 않아야겠다. 인간 스테판을 지우고 그의 작품에 몰입할 것이다. 한 번 다 들을 때까지 '이게 뭐지?' 싶었으면 좋겠다. 이상할 정도로 생소했으면 한다. 그리하여 여러 시간, 여러 날 들어볼수록 그의 작품이 이 시대의 유행에 편승하지 않고 대중의 기호나 판매를 염두에 두지 않았으며 미학적으로 퇴보하지 않은 실험적인 작품이기를 바라본다.

너의 스파이

창가에 꽃 시드네
내 창가에 꽃들은 시들고 향초가 꺼지지 않네
늦잠 자는데

우산이 있었네
문 앞에 있었지

멈추는 발소리
문 앞에 찬 빵 두 덩이
문 앞에 젖은 비닐 안에 젖은 바구니 안에 젖은 아기
울지 않는 아기
내 젖은 넘치는데

네 편지는 향초처럼 나를 태우고 갔나
이 나라 말을 나는 모르는데
난 정말 언제 깰지 모르는데

현실에 거리를 둡니다 태생적 태도죠 카드를 갱신하지 않고 환기의 필요성도 몰라요 누군가 문을 두드릴 때마다 나는 안대를 고쳐 쓰고 다시 잡니다 내 창가로 피부 없는 사람이 기웃하거나 발코니에 태양이 매달려도 내 박동은 기계적으로 뛰거든요 안심하세요 청소기 안의 내 각질과 머리카락처럼 나는 가만히 있어요 잠복기만 계속될 겁니다 임무 실행일 같은 건 음력 날짜 맞추듯 찾아보기 귀찮아요 아무리 구체적이어도 나는 내 꿈이 보낸 스파이 특기는 머리 가로젓기 끝까지 헷갈리며 혼동하기

—2015년 10월 25일, 저녁에

라시드 엘 하르미 Rachid El Harmi

프로듀서

일시 | 2015년 10월 14일.
장소 | 카페 쟈드Café Jade-6 Rue de Buci 75006. 오데옹Odéon 역 근처에 위치한 뷔시 거리Rue de Buci에 있다. 이 거리에는 양옆으로 카페들이 나란히 펼쳐져있고 뷔시 거리를 가로지르는 센느 길Rue de Seine에는 갤러리가 많이 모여 있다. 주변에 가볼 만한 곳으로는 프랑스에서 가장 오래된 수도원인 생제르맹데프레 수도원Abbaye de Saint-Germain-des-Prés과 넓고 경치가 좋기로 유명한 뤽상부르 정원Jardin du Luxembourg이 있다.

이 세상 밖이라면 어디라도 괜찮을까? 어제부터 황현산 선생님이 번역한 시집 『파리의 우울』을 읽기 시작했다. 우중충한 파리의 뒷골목 카페에서 『파리의 우울』을 읽고 있으니 건너편 우울한 신비로 가득찬 푸른 눈의 사나이가 내게 물어왔다. "그거 보들레르니?" 손에 잘 들어오는 사이즈의 책인데 책표지를 벗겨버렸더니 검은 바탕에 은색 선으로 보들레르의 초상화가 나왔다. 누가 봐도 누구의 시집인지 잘 알 수 있게. 누군가 이 책에서 한 부분만 옮겨보라고 한다면 나는 이 부분을 짚어보고 싶다. "어디라도 괜찮다! 어디라도 괜찮다! 이 세상 밖이기만 하다면!" 「이 세상 밖이라면 어디라도」라는 시의 마지막 행이다. 내 넋이여, 식어빠진 가엾은 넋이여, 너도 그러하냐? 나는 내 넋에게 묻는다. 그 세상에서 이 세상으로 넘어왔건만, 다시 이 세상 밖으로 나가고 싶은 나는 무엇인가.

말하자면 나는 오늘 '국경 없는' 삶을 꿈꾸는 사람을 만나러 간다는 것이다.

K | 당신이 주로 하는 일은 무엇인가요?

R | 나는 젊은 음악가들과 같이 살며 그들을 관리, 트레이닝하고 DVD를 만들며 콘서트를 조직합니다. 일종의 매니지먼트의 프로듀서죠. 가끔 유명한 콘서트를 기획하기도 하지만 가능성이 있는 젊은 음악가와 소규모 콘서트를 조직하기를 좋아합니다. 아프리카 사막의 사람들을 위한 사막 블루스 콘서트도 했는데요, 우리의 슬로건은 '국경 없는 음악' 입니다. 자유로운 음악, 다양한 소리를 창조하고 싶어요.

K | 그 매니지먼트가 있는 곳이 파리인가요?

R | 아뇨, 프랑스 남쪽 세트Sète라는 곳입니다. 그 작은 도시에서 최근에는 시인들과 함께하는 연주회를 진행하고 있어요. 스테판과 같이 낭독 연주회를 하고 싶고요. 김이듬 시인과도 낭독 연주회를 하고 녹음도 해보고 싶습니다.

K | 한국에도 젊은 가수를 관리하는 매니지먼트가 많습니다. 요즘 유행하는 케이팝에 대해서 어떻게 생각하세요?

R | 미안하지만 난 아직 케이팝을 잘 모릅니다. 유럽에 아시아 음악, 특히 한국 음악을 전혀 모르는 사람이 많아요. 그 기법조차. 나는 유럽을 많이

다녔지만 이상하게도 한국 뮤지션을 만난 적이 한 번도 없습니다. 아프리카에서 온 음악가, 발칸, 러시아에서 온 뮤지션은 있었지만 말입니다.

K | 케이팝이 전 세계적으로 잘 알려진 줄 알았어요. 당신은 프랑스 국적을 가졌나요?

R | 나는 북아프리카의 모로코에서 태어났고 국적이 두 갭니다. 모로코와 프랑스. 나는 프랑스에서는 외국인처럼 취급받고 정작 모로코에서는 소수 민족인 '베르베르족'이기 때문에 이중의 이방인인 셈이죠.

K | 그렇지만 파리를 좋아하시죠?

R | 네. 나는 주로 파리에 6개월, 세트에 6개월씩 이렇게 살고 있어요. 나는 세 가지 이유 때문에 파리를 좋아합니다. 첫째, 파리엔 예술가, 음악가들이 매우 많고 그 수준도 높아요. 그래서 일하려면 파리에 오는 게 편합니다. 둘째, 모로코에서는 해변의 시골 가족이었는데 파리의 강변에 오면 고향 느낌이 들어요. 파리는 국제도시이기 때문에 모든 국적의 친구를 사귈 수 있고 움직이지 않아도 여행을 하는 셈이 됩니다. 파리에는 자유롭게 세상의 모든 소리를 들을 수 있는 바람이 붑니다.

K | 나쁜 점은 없나요?

R | 물가가 비싸고 자동차 소리, 기타 소음, 쓰레기 문제 정도? 싫은 건 별로 없어요. 난 좋은 점을 먼저 보는 편이고 어쩌면 파리의 나쁜 점까지 좋아하게 된 것 같아요.

K | 세트에 있는 그 하우스에 대해서 좀더 얘기해주시겠어요?

"예술은 직업이 아니라 생활 스타일이죠. 하루 종일 시인으로 살면 그가 시인입니다" 라시드가 말했다. 그의 목소리는 저녁마다 아이들에게 동화를 읽어주는 아버지의 음성처럼, 헛간 창문으로 드는 달빛처럼, 다정하고 부드러웠다. 아무튼 나는 꽤 잠이 왔는데 현실로부터 추방되는 듯한 모호한 느낌이 나쁘지 않았다.

R | 우리는 학생 때처럼 공동 아파트 생활을 합니다. 3층 건물에 방이 여섯 개인데 바이올리니스트, 베이시스트, 연출가, 연극 디자이너 같은 예술가들이 공동생활을 하죠. 제가 모로코의 시골 마을, 아마 주민이 1200명 정도 되는 그 마을에 살 때 마을 해변 페스티벌을 만든 적이 있어요. 그땐 어렸는데 그 일이 재밌었어요. 지금 매니저로 문화 기획을 하는 것의 뿌리가 거기 있었던 것 같아요. 나는 사람들과 공동으로 뭔가를 할 때 희열을 느낍니다. 세트에 있는 우리들은 백 퍼센트가 예술가 아니면 예술가가 될 사람들입니다.

K | 그게 무슨 뜻인가요?

R | 예술은 직업이 아니라 생활 스타일입니다. 하루종일 뮤지션으로 살면 그가 뮤지션이죠. 아닌가요? 시인도 하루종일 시인으로 살면 시인인 거죠. 데뷔와 상관없이.

K | 앞으로의 계획은 어떻게 되세요?

R | 난 지금 마흔 살이에요. 행복하기 위하여 재밌게 음악과 함께 일하는 것이 계획입니다. 자녀의 건강, 그 아이들 때문에 계속 열심히 살 의욕이 생기는 것도 사실이에요. 특별한 계획은 없어요. 나의 일을 좋아하고 현재를 사랑합니다. 아, 그리고 난 프로듀서지만 음악가예요. 중세 유럽 기타를 밤새워 연습하고 있지만 좋은 아티스트는 아니라서 하루종일 아주 좋은 음악가들과 생활하는 것을 기쁘게 생각해요.

라시드를 만나고 오는 길에 나는 지하철 긴 의자에 앉아 일어날 기운이 없었다. 그래서 종점까지 갔다. 오스테리츠Austerlitz 역에서 탄 기타리스트는 연주를 마치고 걸어가며 모자를 벗어 사람들에게 내밀었다. 만면에 미소를 띤 채 익살스러운 목소리로 "카드도 됩니다. 카드도 받아요."

지하철에서 내려 횡단보도에서 녹색 신호등으로 바뀌길 기다리고 있는데 다른 사람들은 모두 건너갔다. 나는 무슨 교육을 이다지 잘 받은 걸까? 차가 한 대도 안 지나가는데. 유머도 융통성도 없는 나는 뭔가.

파리 지하철 14호선

지하의 군중
맨끝
놓친 튜브
스프링 노트에서 떨어져나간 페이지
성 라자로

거대한 입술이 빨아들이는 파이프 안
왼편에는 집시
마들렌

한 문장도 말하지 않은 날
아우스터리츠

일어나면 접히는 의자
생테밀리옹의 정원

방으로 가는 단어 번역자

남은 한 구역

미테랑 도서관

소매치기의 빈손

현기증

내벽 보수공사

검표원

올랭피아드

—2015년 10월 14일, 저녁에

비구루 마르크Vigouroux Mark & 김윤선

레스토랑 주인

일시 | 2015년 10월 16일.
장소 | 59 bis Rue de Lancry. 파리 10구. 메트로 5호선 자크 봉세르장Jacques Bonsergent 역. 레스토랑 쌈SAaM. 생마르탱 운하 근처에 위치해 있다.

비구루 마르크(우리는 그를 '마크'라고 불렀다)와 윤선은 사진작가 위성환의 소개로 인터뷰하게 되었다. 가을비가 추적추적 내리다 그친 오후, 나는 성환과 미리 약속한 시간 3시 30분에 맞춰 레스토랑 '쌈'으로 갔다. 그런데 윤선은 몹시 바빠 보였다. 일부러 손님이 뜸한 시간에 갔는데, 식탁 위에 음식이 가득했다. 스마트폰 어플 회사에서 나온 포토그래퍼가 음식 사진을 찍고 있었다. 배달 가능한 음식을 어플에 올려놓으면 사람들이 휴대전화로 음식을 주문할 거라고 했다. 파리에서도 웬만한 식당들은 다 이 서비스를 운영하고 있다며, 배달비 2유로만 내면 되니까 많은 사람들이 손쉽게 자주 이용한다고 했다. 윤선은 다부지고 주저함이 없어 보였다.

나는 방해가 되지 않게 한쪽 탁자에 앉아 그녀의 남편인 마크가 오기를 기다렸다. 마크는 인근에 있는 '쌈' 2호점에서 오고 있는 길이라고 했다. 직감적으로 나는 한국인 아내보다는 프랑스인 남편을 인터뷰하는 게 재밌을 것 같았다.

K | 마크, 영어로 인터뷰할까요? 한국어는 전혀 못 해요?

M | 배우고 싶은데 시간이 없네요. 차차 아내한테 배울 생각이에요.

K | 아내가 한국 여성이라 특별히 좋은 점이 있어요?

M | 2010년에 결혼했는데 프랑스 여자와 완전 달라요. 언어 문제도 그렇고 생활방식도 달라서 깜짝 놀랐습니다. 예를 들면 프랑스 여자들은 간섭이 많지 않은데…… 내가 파티가 있어 밤늦게 집에 갔을 때 문을 꽝 닫고 나가라고 한다거나 일을 다이렉트로 하는 점, 신발 신고 집안에 못 들어오게 하는 점 등이죠. (아내가 끼어들었다. 그녀는 파리 남자들은 니 거 내 거 너무 따지고 연애중에도 한 번도 특별한 이벤트가 없었으며 돈을 몹시 아낀다고 했다. 생일에도 정원의 채소나 과일을 따서 선물하거나 구두쇠라 외식을 거의 하지 않는다고 했다. 고향이 부산이라 자기 성격이 괄괄한 편이라고 말하며 웃었다.)

K | 그런데 어떻게 결혼을 하게 됐어요?

M | 나한테는 쌍둥이 형이 있는데 파리 여성과 동거중이고 아들이 한 명 있어요. 동거는 문제시되지 않아요. 팍스PACS라는 제도가 있어서 결혼과 똑같이 세금이라든지 동거 지원을 해주죠. 그리고 결혼은 이혼할 때 절차가 몇 년씩 걸리기도 하고 재산 분할 문제가 있어 굉장히 복잡하며 너무

나 진부한 종교적인 거라고 생각하는 사람도 많아 10분 만에 신고만 하면 되는 동거를 선호하는 편입니다. 아는 간호사가 이혼을 했는데 양육권이 여자에게로 가고 따라서 정부 보조금도 그녀에게 가는 거죠. 남자한테는 결혼이 불리합니다. 하지만 우리는 서로가 원해서 결혼을 하게 되었습니다.

K | **자녀 계획은요?**

M | 아기를 갖고 싶은데 지금은 바빠서 미루고 있어요. 최소 두 명 정도? 그런데 나는 한국에 두 번 다녀왔는데 한국에 가서 살고 싶은 마음이 있어요.

K | **요리와 관련된 전공을 했어요? 한국 음식점을 하게 된 계기는요?**

M | 전공으로 철인3종경기를 하다가 다리를 다쳐 그만두고 선생님이 되려고 했죠. 만약에 한국에 간다면 철인3종경기를 발전시키고 사이클, 자전거를 타며 살고 싶었어요. 그러다가 아내가 시작한 한국 레스토랑이 잘돼서 3년 전부터 같이 일하고 있어요. 2012년에 1호점을 냈고 2호점을 올해 냈죠. 곧 3호점을 오픈할 예정입니다. (아내는 옆에서 말했다. "저는 가게를 7호점까지 내는 게 꿈이에요. 한국에는 잠시잠시 가서 지내고 파리에서 살면서 성공하여 나이가 들면 비시Vichy 같은 조용한 마을에 가서 지내고 싶어요.") 한국 음식은 비빔밥이 잘 팔립니다. 평범한 생각으로 한인 식당을 하면 망하기 쉽죠. 우리 가게 옆 한식당은 30년이 거의 다 되었는데 손님이 전혀 없어요. 파리인들이 좋아하는 콘셉트를 잘 잡아야 합니다. 음식이 예쁘고 색깔이 있어야 하고 채소가 신선해야 합니다. 베지테리언, 어떤 재료에 알

레르기가 있는 사람, 밀가루를 안 먹는 까다로운 식성의 구미에 맞는 다양한 음식도 준비해야 합니다.

K | 저기 일하는 아르바이트생은 모두 한국인 같은데요?

M | 예, 맞습니다. 한국인 유학생 혹은 워킹홀리데이 온 학생들, 현지인들입니다.

K | 아내를 만나게 된 계기를 말해줄 수 있어요?

M | 아내는 김윤선이고 1981년생입니다. 저보다 세 살 많아요. 내 고향은 비시인데, 물이 좋아서 화장품도 나오는 마을 아시죠? 2006년에 그곳으로 유학 온 아내를 파티에서 만났어요. 아내는 내가 1년 동안 쫓아다녀서 만나줬다고 하는데…… 글쎄요. 아마 맞을 겁니다. 윤선은 당시에 불어를 잘 못하고 행동도 어색해서 더 주시하게 되었고 특별하게 느껴졌어요. 도와주고 싶다는 생각이 들었죠. 윤선은 한국에서 일본학과를 졸업 후 일본에서 회사 생활을 하다가 비시의 카빌람Cavilam 대학에서 요리를 전공했죠.

K | 부부가 함께 일하는데 생활의 여유는 있으세요?

M | 이 가게는 월세가 1200유로이고, 수입의 50퍼센트를 세금으로 냅니다. 그렇지만 운영에 큰 어려움은 없어요. 얼마 전 뉴스를 보니까 실업자 80퍼센트가 구직을 원하지 않는다고 하더라고요. 나도 그 심정을 이해해요. 왜냐하면 나도 6개월간 실업자였는데, 그 회사에 불이 나서 일을 못했죠. 원래 월급을 1500유로 받았는데 실업수당으로 1100유로가 나와서

생활은 괜찮았거든요. (윤선이 조금 말을 덧붙였다. “파리에서는 부자들이 수익의 60퍼센트 정도를 세금으로 내는데, 세금이 많다고 화를 내지는 않아요. 그 돈이 가난한 이들에게 가는 걸 당연시하는 풍조가 있어요. 저도 여기서 여유를 배웁니다. 한국에선 학자금 갚으려고 열심히 일해도 소용이 없고 월급은 간당간당했죠. 언제나 외모를 비교받고 살이 찌면 곤란한, 그런 강박관념에서 자유로울 수가 없었습니다. 바캉스 없는 쳇바퀴를 도는 기분이었어요. 그런데 여기서는 여름 바캉스가 2~3주, 겨울 바캉스가 2~3주, 누구나 바캉스를 떠나요. 회사에서 그 금액이 나오거든요. 우리 식당도 주식회사로 등록했기 때문에 우리는 월급 사장이고 1년에 5주 동안은 법적으로 바캉스를 갈 수 있게 됩니다.”)

K | **윤선씨와 얘기 좀 할까요? 여기 손님은 한국인이 많아요?**

Y | 아니에요. 99퍼센트가 프랑스 현지인입니다. 한국인들은 아직 잘 몰라요. 나는 한인 사회 커뮤니티에 별로 관심이 없어요. 그런데 프랑스인들은 영국, 미국인보다 알뜰해서 팁을 전혀 안 줘요. 여담인데, 남편의 형이 아기를 낳았는데 유아용품을 다 중고로 사는 거예요.

K | **근처 맛집 좀 추천해줄 수 있어요?**

Y | 세 군데 정도 알려드릴게요. 리셰Richer라는 프랑스식 고급 요릿집이에요. 두번째로 빅 페르낭Big Fernand이라는 햄버거 가게가 있어요. 마지막으론 올리 셀리Holly Selly라는 브런치가 맛있는 집이 있어요.

한국을 떠나 평생 살 수 있을까? 난 글쎄다. 지금으로선 음식도 음식이

윤선과 마크는 천생연분. 이런 부부를 만난 게 생시 같지 않았다. 헤어진 후에야 현실감이 들었다. 내가 바빠서 그들이 만든 음식을 먹어보지 못했는데, 윤선의 바람대로 '쌈' 7호점을 개업하면 나는 꼭 거기서 비빔밥을 먹으리라.

지만 목욕이 문제다. 뜨끈한 탕에 들어가 15분만 쉬어봤으면……

"언니! 나는 언니 이번 시집 『히스테리아』, 우리 집 욕조에서 읽었어요."

방송 녹음하는 중이었다. '문장의 소리, 문학라디오'의 진행자인 김민정 시인이 불쑥 이렇게 말했다. 나는 초대 손님으로서 오히려 걱정스러웠다. '방송에서 이렇게 솔직히 말해도 되나?' 덕분에 나도 긴장을 풀고 민정과 수다떠는 기분으로 몇 가지 질문에 대답했던 것 같다. 지난 2014년 10월의 에피소드다.

요새는 집에 있는 욕조에서 목욕하는 이가 대부분인 것 같다. 촌스러운 버릇일지 몰라도 나는 한 달에 두어 번은 대중목욕탕에 가서 때를 박박 민다. 내가 자란 진주와 부산 등지에는 목욕탕에 등밀이 기계가 있고 때때로 아는 사람과 마주치면 서로 등을 밀어주곤 했다. 목욕탕 한구석에 있는 사우나에도 들어가 땀을 흘리면 개운한 기분이 들어 좋다. 서울로 이사해서 목욕탕에 가보니 등밀이 기계가 없었다. 두 군데 가봤는데 두 군데 다 없었다. 서울 지역엔 그게 없다고 짐작한다. 통계적으로 조사한 바는 아니니 확실한 건 아니다.

내가 살고 있는 이 숙소에도 욕조가 있지만 3층이라 수압이 낮아 더운 물이 잘 나오지 않는다. 게다가 배수도 시원찮다. 또한 내 집이 아니기 때문에 물세 걱정도 된다. 쓰다보니 이유가 많기도 하다. 더운 물속에서 발가락을 꼬물락꼬물락 하면 자궁 안 태아처럼 시름이 없어지곤 한다. 물론 내가 태내 적 기억을 가지고 있는 천재는 아니지만. 나는 지금 4유로짜리 와인을 혼자 한 병 다 비워서 조금 헛소리를 하는 것 같다. 태아처럼 소리 없이 외롭다.

저 나무에 그 많은 새가

조금만 기다려줄래? 멧새들 앉은 언 강이 풀릴 때까지
내가 면양말을 사줄게
조금 더 있다가 올래? 최상이라고 여겨지는 순간에서 조금만 더
사후에나 경험할 고독처럼 네가 온다면
나도 누구처럼 사랑의 노래를 불러줄게
거짓말일지 모르지만

조금만 더 기다려줄래? 수금사원처럼 정시에 오지 말고 약간 늦게 와줄래?
내가 수박을 사놓을게
너를 누구처럼 뒤에서 안고 위안의 노래를 들려줄게
위로할 수 있다면
아주 틀릴지도 모르지만

나는 첫눈이 싫어서 세상 저쪽으로부터 계곡 위로 우르르 일어나는 천둥소리나 듣는다
의미 없고 아름다운 노래를 듣는다

의미 없고 아름다운 노래를 들으며 면양말 신고 양고기를 먹을래?

집시로 보이는 여자가 아코디언으로 베사메 무초를 연주한다

뜻은 몰라도 좋아

가로수 앞에서 나처럼 수박을 베어 먹지 않을래?

—2015년 10월 29일, 낮에

이브 바셰Eve Vacher

탕게라

일시 | 2015년 10월 17일.

장소 | 바리오 라티노Barrio Latino 밀롱가—46 Rue du Faubourg Saint-Antoine. 탱고를 출 수 있는 장소를 밀롱가라고 일컫는데 파리는 세계에서 부에노스아이레스 다음으로 밀롱가가 많은 도시이다. 백여 년 전 파리의 상류 사회를 동경하던 아르헨티나 상류 계층들이 천박하고 하층민들이 즐기는 춤이라고 무시한 탱고는 아르헨티나에 노동을 하러 간 수많은 유럽 젊은이들이 다시 유럽으로 되돌아오면서 파리에서 선풍적인 인기를 끌게 되었다. 상류 계층의 춤으로서 다시 아르헨티나로 역수출되는 재밌는 일이 있었던 것이다. 바리오 라티노 밀롱가는 파리의 밀롱가 중에서도 가장 화려한 곳으로 유명하다.

어제보다 따뜻하지만 추운 날씨. 파리에서 유일하게 짐을 보관할 수 있는 크고 화려한 바. 주말 저녁 시간, 사람이 많았다.

버킷 리스트가 유행이었을 때, 나는 그 리스트를 작성해본 적 없다. 죽기 전에 꼭 해보고 싶은 일은 '이거면 되었다'라고 성경을 인용하자면, 창조한 후에 '보시니 좋더라' 정도 스스로 말할 수 있는 작품 한 편 쓰는 것이다. '꼭 하고 싶은 일'이 딱히 없다. 나는 되는대로 살고 되는대로 쓴다. 대책이 없지만 아득바득하거나 막 살지는 않는다. 허정무위虛靜無爲라고 올해 2015년 다이어리 첫 페이지에 적었는데 그 말에도 별로 얽매이지 않는다.

거의 온종일 책상에 붙어 있는 경우가 많다. 공부, 강의 준비, 독서, 글쓰기로 눈을 혹사하고 몸을 망친다. 책 보며 밥 먹고 책과 함께 술을 마신다. 그런데 아는 게 없다는 게 이상하다. 알려고 읽는 게 아니라 습관이거나 활자중독증이다. 아는 의사가 나한테 "몸을 움직여야 합니다. 일주일에 세 번, 한 시간씩 땀이 나게 운동하지 않으면 명대로 못 살아요" 험한 소릴 했는데, 그 말이 생각날 땐 동네 산보를 나가기도 한다. 그나마 태생적으로 건강한 유전자를 주신 부모님께 감사한다. 좋은 시도 한 편 못 쓰고 죽으면 슬프니까.

건강이 나빠져 무척 쇠약했을 때, 고 박남철 시인 장례식장에서 하재봉 시인을 처음 만났다. 그날이 2014년 12월 6일이었으니까 다다음주 일요일이면 그의 1주기 제삿날이구나. 폭언과 폭행, 칼부림 등 숱한 문제를 일으키다 돌아간 시인의 장례식장에는 추모객이 여섯 명 앉아 있었다. 죽은 시인이 벌떡 일어나 분노에 차서 고함을 지르지 않을까 걱정이 될 정도였다. 나는 그 현장을 매월 연재중인 '시인보'(『현대시학』 2015년 1월호)에 다루었다. 나를 포함한 7인의 시인은 새벽까지 장례식장을 지키며 망자의 흉을 보거나 그와의 악연을 말했던 것 같다. "그래도 남철이의 작품은 최고였어" 하며 울음을 터뜨린 남자 선배도 있었다. 만취한 정병근 시인이 "야야, 김이듬! 너 얼굴이 왜 그 모양이냐? 해쓱하니, 사흘 동안 피죽도 못 얻어먹은 년같이. 요새 여기저기 발표는 많이 하더라만 죽으면 그게 다 무슨 소용이냐. 남철이 봐라. 건강이나 챙겨……" 한참 잔소리를 쏟아냈다. 그 자리에서 하재봉 시인은 나에게 탱고를 배워보라고 했다. 탱고는 웬만한 운동보다 훨씬 체력을 기르는 데 도움이 된다며. "탱고라고요? 예전에 〈탱고 레슨〉이라는 영화를 보고 기회 닿으면 배워보고 싶다는 생각은 했었지만…… 혹시 탱고 추는 분을 아세요?" 탱고 레슨이 나의 버킷 리스트까지는 아니었지만 호기심이 있었던 거다. 그가 시인이자 칼럼니스트, 영화평론가인 줄은 알았지만 탱고까지 추는 분일 줄이야. 더구나 아내와 함께 탱고 교습소를 운영중이라니. 그들은 국내에서 최고 실력을 인정받는 탕게로, 탕게라였다. 하재봉 시인은 나에게 한 달 강습료를 받지 않겠다고 했다. 시 쓰는 후배라서 특별히.

을지로의 큰 빌딩 지하에 위치한 '아트 탱고'에 가서 하재봉 시인의 아내인 이인영 선생한테 몇 번 강습을 받았다. 춤 동작에 어렴풋이 흥미를 느낄 무렵, 나는 파리에 가게 되면서 탱고 레슨을 중단했다. "이듬씨! 파리 가면 밀롱가에 꼭 가요. 이대로 몇 달간 춤을 안 추면 다 잊어버리게 돼. 파리는 세계에서 부에노스아이레스 다음으로 밀롱가가 많은 도시니까 마음만 먹으면 즐겁게 춤출 수 있어요."

파리 12구, 메트로 1, 5, 8호선 바스티유Bastille 역에는 파리의 밀롱가 중에서도 가장 화려하기로 유명한 '바리오 라티노'라는 이름의 밀롱가가 있다. 파리에서 태어나 이 도시에서 오랫동안 탱고를 취미로 하는 여성을 인터뷰하기 위해 나는 그곳에 갔다. 혹시 춤을 춰야 하는 상황이 발생할지도 몰라 슈즈 챙겨가는 걸 잊지 않았다. 소파 한쪽 구석에서 나의 인터뷰이인 에바씨의 춤이 끝나기를 기다리는데 코르티나(음악이 바뀔 때 중간에 틀어주는 휴식곡)가 들리자 한 땅게로가 춤 신청을 해왔다. 서글서글한 인상의 뚱뚱한 백인 남성이었다. 춤을 추는데 한 딴따(탱고 음악의 단위)인 세 곡의 탱고 음악은 왜 그리도 길고 지루하며 곤혹 자체로 느껴지던지. 나는 나보다 키 작은 파트너의 발을 두 번이나 밟았다. 초보자가 올 데가 못 되는구나. 아무리 인터뷰가 중요하다지만 사자 굴에 제 발로 들어온 것 같았다. 따뜻하고 화려한 사각형의 밀롱가가 감옥이었다. 나는 급히 마무리하려고 물었다. "탱고를 한 문장으로 표현한다면요?" 직업이 고교 교사인 에바씨는 기다렸다는 듯이 대답했다. "탱고는 인생이죠. 난 죽을 때까지 춤추고 싶어요." 누구나 자기 삶이 끝나기 전에 꼭 하고 싶은 일이 한두 가지는 있다. 무엇이 더 중요하고 대단히 가치 있으며 무엇이 하찮은가는 아무도 함부로 말할 수 없다.

K | **여긴 자주 오나요?**

E | 가끔 옵니다. 천장이 높고 아름다워서 다른 밀롱가보다 여기를 더 좋아해요.

K | **직업은 뭔가요?**

E | 나는 심리학을 전공했고 학교에서 아이들을 가르쳐요, 이름은 이브, 예쁜 이름이죠?

K | **탱고의 매력은 뭘까요?**

E | 말로 표현할 수 없는 여러 가지가 있지만, 춤 파트너가 주는 매력이 크죠. 호흡이 맞지 않는 파트너를 만나거나 좋은 파트너를 만나는 건 우연인데 인생과 비슷하다고 느껴요.

K | **언제부터 탱고를 추기 시작했죠?**

이브와 나는 10년 후에 아르헨티나의 항구에 있는 밀롱가에서 만나기로 했다. 그때도 지금처럼 피아졸라의 음악에 절로 발뒤꿈치가 들려지면.

Eve Vacher

E | 8년 전부터 배웠어요. 그전에 다른 춤도 배워봤는데 탱고가 긴장감도 있고 자유로운 영혼에게 잘 맞으며 건강에도 도움을 주는 것 같아요.

음악이 나오자 그녀는 다시 춤을 추러 나갔다. 밀롱가는 자신을 잊고 춤을 추는 곳이지 인터뷰로 스스로를 드러내러 오는 곳은 아니라는 듯이.

나는 춤춘다

나는 춤춥니다
춤추기 시작했어요
파도가 파고드는 검은 모래 위에서
아름다운 눈발은 전조였죠
폭우 속에서

우선 가슴을 옮깁니다 마음이 아니라 말캉하고 뾰족한
바로 그 젖가슴 말입니다
사람들은 항상 너무 일찍 감정을 가지죠* 다음으로
들린 발을 뒤로 보내는 겁니다

뒷걸음질이 중요합니다 나는 아직 스텝을 다 알지 못하고
몸을 잘 가눌 줄도 몰라요
내 몸은 내가 지탱해야 합니다 허벅지와 허벅지가 스치도록
발꿈치와 발꿈치가 스치도록 이동할 겁니다
모래에 뒤꿈치를 묻은 채 서 있지는 않을 거예요 멈춤과 정적을
좋아하지만

추종하지는 않아요 무한을 봐요 파도가 회오리치는

수평선 너머에 시선을 두는 겁니다 눈을 내리깔지 마세요
당신이 오른쪽으로 움직일 때
나는 왼쪽으로 갑니다
당신이 당신 편에서 동쪽으로 갈 때 나는 나의 서편으로 심장을 밀고 가요

가슴 맞대고 춤추는 겁니다
마주보지만 얼굴을 살피지는 말자는 겁니다
바다 바깥으로 해변 밖으로 나가라는 방송이 거듭될수록
서로의 어깨 깊숙이 손바닥을 붙이는 겁니다

이곳에 살기 위하여
피하고 흥분하고 싸우기도 하듯이
나는 춤추겠다는 겁니다

눈감고 리듬을 느껴봅니다
당신이라는 유령, 다가오는 죽음을 인정하고 포옹하면서
매 순간의 나를 석방합니다

나는 춤을 춥니다

뒤로 가는 것처럼 보일 거예요

—2015년 10월 17일, 자정 무렵에

*릴케 『말테의 수기』 중에서.

장 게리Jean Guerry 전직 비행기 조종사
페드로 루이스Pedro Ruiz 도시계획자·실업자

일시 | 2015년 10월 26일.
장소 | 장 게리의 집. 파리 20구(실제로는 파리에 속하지 않는 2존). 메트로 9호선 크루아 드 샤보 Croix de Chavaux 역. 파리는 1구에서 20구로 가면 갈수록 위험해진다는 말이 있는데 꼭 그렇지도 않다. 하나, 그래도 여행시 파리 외곽은 잠재적 우범 지대임을 인지할 필요가 있다.

정말 이상한 집에 왔다. 주거 형태가 특이하다. 일종의 개인 스쾃트로 전 세계 예술가들이 무료로 숙식을 해결하며 작업을 하는 곳이다. 장 게리는 젊을 때 에어프랑스 비행기 조종사였는데 은퇴 후 자신의 집을 가난한 예술가를 위해 무료로 내어주고 있다. 지하 1층부터 지상 3층짜리 근사한 건물에 아홉 명의 아티스트가 살고 있다. 칠레에서 온 뮤지션 아레요Alejo, 스위스에서 온 무대연출가 시몽Simon, 스페인에서 온 도시계획자 페드로 Pedro 같은 경우다. 오닉스라는 크고 검은 개가 거실에 뛰어놀고 마당에는 커다란 테이블과 의자가 있다. 나무들이 울창하다. 이 집은 『레오 말레Léo Malet』라는 원작 소설을 자크 타르디Jacques Tardi가 그린 유명한 만화 『나치용 역에서의 죽음Casse-Pipe à la Nation』의 배경으로 그려졌다. 십 년 전부터 이런 형태의 일종의 레지던시를 시작한 장 게리는 언제까지 계속될지는 모르지만 변함없이 이 일을 하고 싶다고 했다. 내가 지하 1층부터 3층까지 올라가보았는데 작가들의 작업실에는 책과 노트북, 의류들이 있었고 자유로운 느낌을 물씬 주었다. 벽에는 윌리 로니스Willy Ronis의 원본 사진이 열두 점 걸려 있었다. 그 포토그래퍼는 장 게리와 친분이 있었다고 한다. 나는 노동자, 아이에게 젖을 물리는 여인 사진 등 항상 흑백사진만 고집했던 그녀의 작품을 좋아한다. 그곳에서 작업하는 한 사람과 인터뷰를 시작했다.

K | 페드로씨, 기운이 없어 보이는데 괜찮아요? 점심은 드셨어요? 아무래도 모르는 작가들과 장 게리의 집에 사는 게 불편하지 않아요?

P | 장 덕분에 여기 머물고 있지만 실업, 이혼, 돈이 없다는 오해를 받게 됩니다. 나는 내 아픔을 드러내고 싶지 않아서 이곳 작가들과 접촉하지 않고 몇 달씩 이 집 지하에 있는 방에 처박혀 있곤 했어요.

K | 파리에는 당신 집이 없어요?

P | 스무 살까지 파리에 살다가 아버지 고향인 스페인 마드리드로 돌아가 오래 살았죠. 어머니는 프랑스 사람이에요. 나는 2013년에 이혼하고 직장도 잃어 혼자서 파리로 돌아와 2년 넘게 이 집에 얹혀살고 있습니다. 원래 직업은 도시계획자였지만 지금은 전화로 인구 앙케트 하는 등 그렇게 소소하게 돈을 벌고 있어요. 나는 43세이고 스페인 국적과 프랑스 국적을 갖고 있어요.

K | **지금 가장 큰 고민은 뭘까요?**

P | 돈과 이혼 문제입니다. 이혼 때문에 아이 셋의 양육 소송중인데, 그애들은 스페인에 살고 있고 1년에 두 번 만나고 있어요. 보고 싶을 때 보지 못하고 부드러운 뺨을 쓰다듬을 수 없다는 게 가장 큰 슬픔이에요.

K | **다시 사랑하고 결혼할 계획은 있어요?**

P | 네. 그러나 지금의 문제가 다 잘된 후에 생각해볼 거예요.

K | **도시계획자로서 대답해주시겠어요? 파리는 도시 설계가 잘된 곳인가요?**

P | 굉장히 잘 설계되고 조직된 곳이죠. 19세기부터 계획화된 방사형 도시로 지어졌기 때문에 기존에 있었던 무계획적인 마을과도 잘 어우러집니다. 파리엔 세상의 모든 문화가 공존하는데요, 아침엔 중국 식당에 갔다가 아라비아 예술 전시에 갈 수 있고 밤엔 미국 음악이 흐르는 디스코텍에 갈 수 있죠.

K | **그럼 파리는 공정한 사회라고 생각해요?**

P | 아닙니다. 파리는 아름다운 반면 스트레스를 가득 담은 도십니다. 사람들은 항상 서로를 경계하고 두려워하죠. 나는 파리가 테러에 대한 문제를 언제나 지니고 있다고 생각합니다. 파시즘, 특히 이슬람 문화에 대한 강박적 스트레스를 갖고 있죠. 또한 남프랑스와 북프랑스 사람들은 은연중에 좋지 못한 관계를 노출하고 있어요. 북프랑스 사람들은 개인주의자이고 타인에 대해 무관심한 편입니다.

무기력해 보이는 페드로. 그는 나와의 짧은 인터뷰가 끝나자 어떤 사람의 큰 웃음소리에 움찔 놀라더니 종적을 감추었다. 아마도 자신이 묵고 있는 지하 방으로 돌아가 나오지 않았을 것이다. 넋 나간 사람처럼 누워 있지는 않았을지, 끼니는 때웠을지, 지금도 걱정이 된다.

여유가 넘치는 장. 나에게 언제든 자신의 집에 들어와서 몇 날, 몇 달도 좋으니 맘 편히 지내라는 장. 가문비나무와 전나무가 있는 그의 정원에서 그 말을 들었다. 간신히 고개를 끄덕였던가? 언젠가 나도 그 집의 입주 작가가 될지도 모른다. 그런 날이 오길 기다리는 건 아니다.

Jean Guerry / Pedro Ruiz

K | 만약 당신에게 큰돈이 생긴다면 뭘 하고 싶어요?

P | 글쎄요. 아이디어가 뛰어난 사람과 합작하여 회사를 설립하고 싶어요.

K | 오늘은 일요일인데 무슨 계획이 있어요?

P | 나는 요즘 무척 소심해졌어요. 휴일이지만 특별한 계획은 없고 저 개(검정색 우닉스를 가리키며) 데리고 산책할 겁니다. 내일 오후엔 폴란드 대통령 사회당 모임에 가서 당 내 투표를 할 겁니다.

K | 저녁에는 장 게리씨 주최로 작은 파티가 여기서 열릴 텐데 같이 즐기실 거죠?

P | 나는 두통도 있고 해서 술이나 한잔하고 방에서 쉬고 싶어요.

나는 인터뷰를 마치고 장의 집에 입주해 있는 예술가들과 점심 식사를 했다. 술을 한잔하려는데 장으로부터 연락이 왔다. 그는 그 집 주인 장이 아니라 장-뤽 피아노Jean-Luc Piano라는 이름의 뮤지션이다. 근처에 왔으니 함께 자신의 집에 가서 가든파티를 하자고 제안했다. 햇볕이 잘 드는 정원에서 연주를 듣는 호사를 누리려고 나는 가방을 들고 일어섰다.

나의 악기가 되어줄래

장은 금발의 장발, 뮤지션이다. 그의 아내가 친정에 간 사이, 나는 그의 집에 놀러왔다. 리옹에 가는 대신에, 교외선을 타고.

악기 박물관처럼 거의 모든 악기가 다 있다. 물을 묻혀 관 표면을 문지르면 소리를 내는 전자피아노 모양의 악기, 아프리카에서 가져온 악기는 퉁소 크기의 열 배라서 의자 위에 서서 불어야 했다.

그가 나를 안고 의자에서 내려준다, 이럴 필요가 없는데.

—나를 민다, 진노랑 해바라기가 그려진 벽으로. 내게 광적으로 키스하고

티셔츠를 벗어던지며……

대충 이렇게 흘러가야 하지 않을까

발소리가 들려 뒤돌아보니, 백인들, 연주회에 초대받은 사람들

때는 2015년 7월 23일 오후 5시

나는 조금 일찍 와서 가든파티를 준비하겠다고 했던가? 그럴 필요가 없었는데, 필요 없이 위장에서 사랑이 솟아나서. 왕실 사냥터에서 멀지 않은 여기, 총에 맞든 총애를 받든 모여들어 음악을 나누는 그룹 작은 연주회에 오게 된 것.

나와 더불어 숲으로 밀밭으로 가는 이 없고
벅차게 숨을 밀실도 없는 여기서

필요 없는 외로움, 필요 없는 여행, 필요 없는 음악…… 이런 게 값싼 잠자리보다 나를 더 매혹시킨다. 내가 큰 강과 토지와 신선한 공기를 소유했으므로.

시를 쓸 수 있는 곳이면 그곳은 나의 영지, 라고
이렇게 대충 쓰며 나는 흘러갈 듯

주머니에 손을 찌른 채 나는 장과 패밀리의 연주를 듣고 있다.

이들은 나를 사랑하지도 않고, 위장을 채워주지도 않은 채, 가사를 적어달라고 한다.

—2015년 8월 2일, 저녁에

아미나 르지그Amina Rezig

무대 미술가

일시 | 2015년 10월 26일.
장소 | 장 게리의 집 거실. 12 rue Parmentier 93100 Montreuil.

아미나는 장 게리의 집에 입주한 예술가 중의 한 사람이다. 그녀의 표정에는 비애와 낙천이 뒤섞여 있었고 낡고 헐렁한 실내복 차림으로 거실을 오가는데도 댄디하게 보였다. 나는 첫눈에 그녀와 인터뷰를 하고 싶었다.

K | **반가워요, 아미나. 배우를 해도 될 미모와 젊음을 갖고 있는데 무대에서 배우는 아니죠? 무슨 일을 하나요?**

A | 나는 연극배우하고만 일해요. TV나 영화 쪽 일은 하지 않아요. 내가 하는 일을 정확히 말하긴 어려운데, 배우의 의상을 만들거나 배경에 놓일 소품을 만드는 무대미술 일을 하고 있어요.

K | 대학에서 그런 일을 전공했나요?

A | 아닙니다. 나는 제대로 교육받지 못했어요. 10년 전에 알제리의 시골 마을에서 파리로 도망 왔기 때문에 학교에 다니지 못했고 당시에 불어는 한마디도 하지 못했어요. 또한 갈 데가 없고 1유로도 없어서 친구 집에서 지내다가 거리 길바닥에서 자는 생활을 오래했습니다. 그러던 어느 날 2008년에 우연히 유명한 감독 장 마르크 스텔레Jean-Marc Stehlé를 만났는데 나처럼 젊고 예쁜 여자와 일하고 싶다고 했어요.

K | 그래요? 길에서 우연히 만났다고요? 그래서 어떤 일을 하셨죠?

A | 처음에는 의상 만드는 일을 도와주었습니다. 배우의 옷에 장식을 단다든지 그들의 메이크업을 도와주고 조명, 특별음향 같은 허드렛일을 즐겁게 했어요. 무대 뒤에서 그들을 바라보곤 했는데 나는 의상을 만들면서도 예쁜 것을 추구하지는 않았어요. 어떤 무대에서는 사계절을 표현하는 배경이 필요해서 밤을 새며 무대에 앉아 중국 공장 노동자처럼 무대에 꽃잎을 하나씩 하나씩 붙였습니다.

K | 일을 하면서 그와 관련된 전문 교육을 받을 순 없었나요?

A | 파리에 와서 과학과 수학을 혼자서 공부했고 어학 같은 경우도 독학했어요. 난 지금 불어를 아주 유창하게 합니다. 내 고향 알제리에 있었다면 지금까지 히잡을 쓰고 종교적 억압을 받으며 교육의 불평등 속에서 치를 떨었겠죠. 나는 이슬람 율법의 폭력적 억압, 빈부격차, 인권침해, 여성비하를 도무지 견딜 수가 없었어요.

K | 알제리에 가족은 없나요?

A | 부모님이 거기 사십니다. 2006년에 야반도주해서 지금까지 나는 딱 한 번 부모님을 만났어요. 그분들이 파리에 오셨죠. 나는 비자가 없기 때문에 여권을 만드는 데 위험을 느껴요. 그래서 여행을 꿈꿀 수가 없습니다. 난 더이상 이슬람 사람이고 싶지 않아서 엄마가 보고 싶지만 가지 않습니다. 실제로 알제리 사람들은 연극, 미술 등 예술 하는 여자를 나쁜 여자라고 보는 편견이 있어요. 내가 엄마에게 악어의 입속으로 들어가는 여자 나체 사진을(제가 만든 무대의 조형 악어예요) 보여주었을 때 엄마의 절망한 표정이란!

K | 지금은 베르사유의 몽탕시에 극장Théâtre Montansier에서 하는 공연의 무대미술 연출을 전적으로 맡고 있죠? 성공하신 것 같아요.

A | 그렇지만 내 이름이 팸플릿에 크게 적히지는 않습니다. 사람들은 연극을 보면서 배우에 대해서만 말하지 배우의 의상, 무대배경에 관해선 별로 관심이 없어요. 무엇보다 나는 프랑스 비자가 없는 무국적자이기 때문에 월급에도 큰 차별을 받습니다. 예전에 파리 오페라 감독이 찾아와 같이 일을 하자고 해서 갔는데 다른 사람에 비해 10퍼센트의 임금밖에 주지 않았어요. 자존심이 상해서 이 말을 하고 싶지 않지만 나는 알제리 출신 여자라서 지금도 한 시간에 10유로씩 받고 일을 하고 있어요.

K | 지금 장의 집에서 지내고 있는데 언제쯤 독립할 계획이 있어요?

A | 나는 무국적자라서 파리 시에 주거 신청을 했지만 아주 늑장을 부리며

허가를 해주지 않아요. 여기 지내는 게 나쁜 건 없어요. 일단 주거비가 들지 않고 다른 친구랑 어울리는 데 문제가 없어요. 어울리고 싶지 않으면 아주 늦게 일어나고 밤늦게까지 일해서 삶의 스케줄을 다르게 하면 돼요. 이곳 사람들은 다들 힘들고 가난한 예술가이기 때문에 언제나 '아, 나 너무너무 피곤해!'를 입에 달고 살아요. 그때마다 난 항상 그 정직하지 못한 말에 화가 나요. 난 매일 열두 시간씩 일하지 않으면 스트레스 때문에 병이 날 정도의 워커홀릭인데 다른 사람들은 별로 일도 하지 않으면서 피곤하다고들 하죠.

K | 여기서 공동체 생활을 하니 마음에 드는 동료도 있어요? 혹시 연애중이에요?

A | 아뇨. 난 일을 하지 않으면 불안해서 병이 나는데 지금은 작업중이라 아무 생각이 없어요. 파리에서 결혼은 무의미한 게 좋아요. 알제리의 결혼은 중매로 이루어지고 어린 나이에 결혼을 해서 집안일로부터 자유로울 수 없죠. 난 그렇게 되기 전에, 열일곱 살에 도망쳐온 겁니다. 파리 남자들은 친절하고 재미있는 사람들이 많아요. 물론 사람마다 다르겠지만. 그런데 남자들은 나한테는 별로 관심이 없어요. 난 가난해 보이고 항상 같은 옷을 입고 있기 때문인데, 유명한 배우들에게는 호감을 보이죠. 어느 날 파리 친구가 파티에 초대했는데 내가 옷이 진짜 없어서 이대로 나갔더니 아주 곤란한 표정을 지었어요. 난 지금 여자인 파리 친구가 한 명도 없어요.

K | 좋아하는 배우가 있나요?

몇 년 동안 노숙자 생활을 했다고 하지만 아미나에게는 그런 흔적보다는 자존감을 근간으로 한 삶의 열정이 있었다. 순수하고 열렬한 피가 느껴졌다. 지금도 그녀를 떠올리면 고여 있는 연못의 수련이 연상된다.

Amina Rezig

A | 난 일을 할 때 연극배우와 관계가 항상 거의 나빠요. 무대장치, 무대의상, 무대미술, 마스크, 안경 등을 준비하며 며칠씩 꼬박 바느질을 하기도 하지만 배우 때문에 하는 일은 아니잖아요. 프랑스엔 질이 나쁜 배우가 많아요. 그들은 자연스럽지가 않아요. 난 브래드 피트 같은 미국 배우를 좋아하고 한국 영화를 진짜진짜 좋아해요. 이름은 지금 바로 기억나지 않지만 아, 〈올드보이〉에 나왔던 배우 이름이 뭐죠?

K | 최민식이라는 배웁니다. 감독은 박찬욱. 한국에 관심이 많나봐요?

A | 2013년에 아비뇽에 가서 연극 페스티벌에 참가한 적이 있는데 거기에 한국인이 많았어요. 그들은 유쾌하고 다정했어요. 일하는 방법과 사회적 행동이 달랐는데, 예를 들면 서양 배우는 일하기 10분 전에 와서 끝나면 바로 갑니다. 그런데 한국의 배우들은 함께 와서 일하고 스태프들과 관계가 좋았고 작업한 물건을 하나도 버리지 않고 그다음에 다시 사용하려고 챙겼어요. 프랑스 사람은 다 버리거든요. 한국인들이 나에게 이메일을 가르쳐주며 한국 오면 연락하라고 했어요.

K | 지금 하는 작업에 대해서 알아보려고 인터넷 서칭을 했는데 당신의 이름은 잘 드러나지 않았어요.

A | 아까도 말했지만, 나는 존재하지만 없는 존재로 보이기도 해요. 무국적자니까요. 파리에서 10년 넘게 살고 있고 2010년엔 마리오네트 컴퍼니Marionette Company, 2012년 마농 오페라Manon Opéra를 제작하는 일에 깊숙이 참가했지만 내 이름은 구글에 뜨지 않았어요. 마리오네트 컴퍼니는 인

형을 통해서 사회문제를 비판하는 내용이었는데 나는 한 개의 인형이 열 개 이상의 표정을 나타내게 하기 위하여 전 존재를 걸고 일했어요. 지금은 17세기 몰리에르Molière의 희곡 〈나의 새로운 귀〉라는 연극의 무대미술을 맡고 있어요. 여자 주인공은 어릴 때부터 전혀 듣지 못하는데 28세 이후에 조금씩 소리를 듣게 되는 이야기의 일인극이에요. 베르사유 극장에서 내일도 연습하는데 이듬씨가 와서 구경하면 좋겠어요.

K | 고마워요. 앞으로 꿈이 있다면요?

A | 내가 프랑스 국적을 갖게 되는 어느 날 나의 이름을 당신이 인터넷에서 찾을 수 있어 '아! 얘가 있었네!' 하고 반가워했으면 좋겠어요. 그리고 나를 도와준 마크나 장처럼 나도 불행한 일에 처한 예술가를 도울 수 있는 사람이 되고 싶어요.

장 게리의 집에서 두번째로 인터뷰한 아미나는 처음엔 입을 열지 않고 혼자 중얼거렸지만, 나와 같이 정원에서 담배를 나눠 피우고 나서 웃으며 인터뷰에 응했다. 나는 그녀가 오랜 시간 노숙자로 살았다는 말을 그때 들었는데, 나도 함께 그녀와 찬바람 부는 가을의 한길에 누워 구걸하는 상상을 했다.

인터뷰이

처음엔 한사코 입을 열지 않는다
카메라를 피한다
알제리에서 온 젊은 여자 아미나는 2년 넘게 노숙하고 있지만
이곳을 떠날 의사가 없다
다시 찾아간 늦가을 저녁 철로 변에 그녀가 누워 있다
이리 들어와
이불 안은 더럽고 따뜻하다
지하철 환풍기 위에 자리를 잡아 열기가 이불을 데운다
머리에 히잡 두르기 싫었어
고향에서 도망쳐와 불법 체류자로
왜 나는 조금 일찍 출발하지 못했을까
아미나는 자기 의지로 왔다고 하고
딱히 몰아낸 이를 댈 수는 없지만 난 내쫓긴 것 같은데
누구라도 동전을 던져주겠지
우리는 누워서 휘청거리는 행인을 본다

—2015년 10월 30일, 새벽에

박은지

파리 유학생

일시 | 2015년 10월 22일.
장소 | 파리 13구. 메트로 14호선 올램피아드Olympiades 역 근처 쌀국수 식당. 파리 최대의 차이나 타운이다. 역에서 도보 10분 거리인 7호선 톨비악Tolbiac 역 근처에 베트남 쌀국수 맛집이 많다. 그 맛은 베트남 현지에서 먹은 것보다 더 맛있다고 할 정도이니 더이상 무슨 설명이 필요할까. 배우 키아누 리브스도 파리에 올 때마다 이 구역에서 쌀국수를 즐긴다고 한다. 여유가 있다면 근처에 있는 라 뷔트오카이유Rue de la Butte-aux-Cailles 길을 산책해도 좋겠다. 길이 아기자기하고 예뻐서 파리지앵의 사랑을 받고 있다.

김민정과 박은지는 파리의 한국인 유학생들 중에서 성실한 학구파로 손꼽힌다. 나는 그들과 두어 번 만나 함께 식사도 하고 성환의 집에서 술도 마셨다. 우리는 싸고 맛있기로 소문난 쌀국수 식당에서 만나 인터뷰를 하고자 했지만 다른 재밌는 얘기들을 나누다보니 정작 인터뷰는 10월 중하순에 이루어졌다. 은지와는 쌀국수 집에서 시작하여 나머지는 서면으로, 민정과는 카페에서 인터뷰하다가 얘기가 길어져서 뒷부분은 이메일로 마무리했다. 그래서인지 조금 긴 감이 있다. 파리 유학을 앞둔 이들에게 도움이 되길 바란다.

김 | **최근 신문에서 프랑스 문화부 장관에 관한 기사를 읽었는데요, 장관이 된 플뢰르 펠르**

랭Fleur Pellerin이라는 여자가 한국에서 온 입양아란 걸 알았어요. 프랑스는 그처럼 공정한 열린 국가인가요? 그녀의 정치적 인식과 리더십은 이곳에서 어떻게 평가받고 있나요?

박 | 저는 개인적으로 플뢰르 펠르랭이 이 나라의 장관이 된 것이 프랑스가 열린 나라라든지 정치적으로 발달되어 있다고 판단하는 기준이 되는 것은 무리가 있다고 생각해요. 그녀가 동양적 외모를 가진 것도 맞고 한국인 입양아라는 배경을 가지고 있는 것도 맞지만 어쨌든 펠르랭은—본인 스스로도 그렇게 이야기하고—프랑스인 부모 아래서 배우고 자란 완전한 프랑스 사람이에요. 올해 초 샤를리 엡도Charlie Hebdo 사건이나 지난달 있었던 베르사유 궁에서의 애니쉬 카푸어Anish Kapoor(인도 출신의 영국 조각가)의 작품 훼손 사건 등 인종적 갈등이 몇몇 소수의 사람들을 통해 드러나고 있는 것도 사실이지만, 다양한 민족으로 구성된 이 나라에서 피부색을 잣대로 기회의 문제에 대해서 이야기한다는 것은 굉장히 위험하고 편협한 생각이라고 저는 봐요. 사실 정치계 입문에 있어 인종차별 논란은 펠르랭 이전에 장 뱅상 플라세Jean-Vincent Placé라는 녹색당 출신의 상원의원이 경험한 일화가 유명한데요, 2011년 에손Essonne 지역 상원의원 선거 당시에 상대 후보가 "우리나라의 한국인 장 뱅상 플라세는 이번 선거에서 위협을 느낄 것"이라고 발언한 덕분에 엄청난 비난의 대상이 됐었죠. 이런 프랑스가 부끄럽다는 얘기도 심심치 않게 들었고요. 결국 상대방 진영 대표가 공식적으로 사과하기도 했었고요. 이런 사건들이 보여주는 건 어딜 가나 어떤 방식으로든 차별이라는 건 존재한다는 것, 그러나 그 사회에서 그것을 용인케 하느냐 아니냐의 문제인 거죠. 제가 봤을 때 프랑스는 그것을 지양하려고 애쓰는 나라고요. 오늘날 펠르랭이 비난의

대상이 되고 있다면 그건 그녀의 배경이나 출생의 문제는 아니라고 생각해요. 사실 그녀가 디지털 장관으로 임명됐던 올랑드 정부의 초기 때만 해도 추진력 있는 실력파로 큰 기대와 지지를 얻기도 했었거든요. 제가 봤을 때 펠르랭에 대한 논란은 그녀가 문화부 장관으로 취임하고 난 뒤부터인 것 같아요. 우리가 흔히 문화와 예술 하면 프랑스 혹은 파리를 떠올리듯이 프랑스 사람들도 이 분야에 대한 큰 관심과 자부심을 갖고 있어요. 이런 자부심을 오늘날까지 이어오게 만든 것이 프랑스에서 세계 최초로 설립된 문화부라는 것이고요. 우리에게 소설가로 친숙한 앙드레 말로André Malraux가 드골 대통령 시절 첫 문화부 장관으로 임명돼서 오늘날에도 이어지는 많은 문화적 지원 기반을 마련해놓기도 했고 자크 랑Jack Lang이 문화부 장관으로 지내던 10년 동안 오늘날 우리가 즐겨 찾는 루브르 박물관 앞 피라미드나 오페라 바스티유와 같이 문화의 신구의 만남을 의미하는 상징적 건축물들도 많이 마련해놓았고요. 또 오늘날 프랑스의 대표적인 연간 음악 축제 페트 드 라 뮈지크Fête de la musique 같은 것들도 자크 랑의 지휘 아래 기획되고 발전되어왔죠. 프랑스에선 어떤 문화부 장관이 어떠한 성과를 내놓느냐에 따라 향후 몇십 년 동안의 문화산업에 큰 영향을 미치기 때문에 그만큼 도마에 오르기 쉬운 직책인 거죠. 지금 이런 중요한 자리를 플뢰르 펠르랭이 차지하고 있는 거고요. 많은 사람들이 현 프랑스 문화산업이 다른 나라에서 부흥하고 있는 현대 문화와 비교해 저조한 성과를 이뤄내고 있는 시점에서 디지털 장관으로 부임해 있으면서 많은 성과를 낸 펠르랭이 큰 역할을 해주길 기대했었는데요, 지금 그녀의 행적은 그런 기대에 부응하고 있지 못한 것 같아요. Culture comme commerce, 즉 예술을 사업하듯 한다는 게 그녀에 대한 오늘날의 평가인데요. 이렇게 보여지는 데에는 몇 가지 프랑스를 시끄럽게 한 사건들이 있었어요. 첫째로 예산 부족 등의 이유로 수많은 축제들이 사라졌어요. 이 축제들은 대부분 음악과 연극, 춤, 현대미술과 문학 등 파리 외 다양한 지역에 예술적 교류를 가능케 하던 것들로 앙드레 말로가 주장한 '모두를 위한 예술'을 가능케 하는 것들이었죠. 물론 하나의 지역 축제로서 지역 구민들에게 관광 수입 등을 얻게 하는 큰 수단이기도 했고요. 둘째로는 프랑스 명문 예술학교 에콜 데 보자르Ecole Nationale Supérieure des Beaux-Arts의 책임자였던 유명한 미학자이자 큐레이터였던 니콜라 부리오Nicolas Bourriaud의 해임 사건이에요. 그 이후에 내정자가 펠르랭의 인맥이라 해서 한바탕 소동이 났었죠. 큰 소동 끝에 장마르크 뷔스타망트Jean-Marc Bustamante라는 아티스트가 새로이 임명되었는데요, 과연 그가 한 학교와 예술 기관을 총괄할 디렉터로서 부리오만큼 자질이 있느냐 하는 우려 섞인 시각이 많았죠. 마지막으로는 펠르랭의 TV 인터뷰 사건이에요. 이 인터뷰 뒤에 각종 언론들이 그녀의 문화부 장관으로서의 자질을 의심한다는 글을 쏟아냈었죠. 당시에 인터뷰어가 펠르랭에게 2014년 노벨 문학상을 수상한 프랑스 작가 파트리크 모디아노Patrick Modiano에 대해 질문했는데 그녀는 모디아노의 단 한 권의 책 이름도 생각해내지 못했어요. 그러곤 장관이 되고 최근 2년이 넘는 시간 동안 읽을 시간이 전혀 없었다고 변명했죠. 이 방송은 정말 큰 파장을 일으켰어요. 많은 사람들이 펠르랭은 예술에 관심도 없는 정치인일 뿐이라며 그녀가 물러나야 한다고까지 말하기 시작했어요. 이 논란이 식을 기미가 없자 펠르랭은 최근 다른 정치 풍자 프로그램

〈프티 주르날Le Petit Journal〉에 초대 손님으로 출현해서 문화부 장관으로서의 자신의 역할을 다시 한번 강조하기도 했죠. 동시에 이 방송을 통해 자신의 집무실을 공개하며 이 방안에 있는 그 어떤 것도 무엇인지 또 어떻게 사용하는지 나는 모르오 하는 식으로 과거 모디아노에 관한 논란을 농담조로 무마시켜보려고 했지만 오히려 역효과가 나기도 했고요. 이러한 일련의 사건들이 펠르랭에 대한 논란을 붉어지게 했고 이것들의 그녀의 배경과 합쳐져 다소 인종차별적인 발언들이 만들어진 걸 수도 있지만 근본적인 차별에서 그녀에 대한 논란이 나온 건 아니다라는 게 제 생각이에요. 아직 그녀의 임기가 많이 남은 만큼 또 아직 성과가 부각될 시기가 아닌 만큼 좀더 지켜봐야 할 것 같아요.

김 | 지금 공부중인 학문에 관해 설명해주시겠어요?(파리 오기 전의 공부를 언급하며)

박 | 원래 한국에서부터 영화를 공부했어요. 정확히 말하면 영화 연출이오. 제가 대학에 처음 입학할 때만 해도 한국 영화가 눈에 띄게 성장할 때였어요. 박찬욱 감독이 〈공동경비구역 JSA〉로 상을 받고, 봉준호 감독이 〈살인의 추억〉으로 흥행에 크게 성공하고 그럴 때였죠. 대학에서 4년 공부하고 졸업하면 그런 대단한 사람이 될 것 같은 착각에 빠져 있었어요. 그렇게 막연하게 공부를 마치고 졸업할 때가 되었는데 뭘 해야 할지 모르겠더라고요. 아니, 어떻게든 될 거라고 생각했던 게 과오였던 것 같아요. 사실 그래서 공부를 더 하기 시작했어요. 영화 전공자라고 대학까지 나왔는데 학문에 깊이가 없으니 뭘 해야 할지 모르는 거 아닌가 생각하게 됐거든요. 그래서 선택한 곳이 파리였고요. 운이 좋았던 건지 나빴던 건지

원래는 석사과정부터 할 요량으로 왔는데 학점 인정이 안 돼서 여기 와서 학사과정을 다시하게 됐어요. 들어간 곳이 국립대학이라 그런지 한국 대학과 같은 실기 수업이 거의 없더라고요. 한 학기 열 과목 중 아홉 과목이 모두 이론 공부였어요. 가장 놀라웠던 건 영화개론 같은 과목이 아예 없더라고요. 같은 이론 수업이라도 모든 수업이 다른 주제와 방법으로 다른 영화사와 이론을 얘기하고 있었죠. 힘들기도 했지만 진짜 머릿속에 뭔갈 채우고 있다는 느낌이 들어서 재밌게 공부했어요. 현재 저는 Histoire du Cinéma, 즉, 영화사史를 공부하고 있어요. 그렇다고 해서 흔히 얘기하는 1895년부터 시작된 영화의 역사나 어떤 감독의 바이오그래피를 공부하고 있는 건 아니고요, 영화 혹은 기록 영상 아카이브 속에서 보여지는 사회 현상이나 역사 등을 공부하고 있어요. 2년의 석사과정 동안, 제2차 세계대전 동안 가해진 유태인 학살에 관련한 영화나 기록물 등을 공부하기도 했고요 동독이나 폴란드 같은 사회주의 체제에서의 기록영화나 이란, 중국 영화들을 통한 사회상이나 특징 등을 공부하기도 했어요. 이러한 공부들은 제가 한국에서부터 공부해왔던 기존의 영화와는 많이 달라서 도중에 많이 헤매고 이해하는 데도 시간이 걸렸던 것 같아요. 이 과정을 공부하면서 가장 흥미로웠던 점은 두 가지가 있는데요. 첫째로는 하나의 이미지가 모든 것을 보여주지 않는다는 것, 둘째로는 당시에 특정한 목적으로 조작되거나 의도적으로 왜곡된 이미지들이 시간이 흐른 뒤에 되려 그들의 타당성을 부정하는 자료로 사용되기도 한다는 거예요. 비록 승자에 의해 기록되어지는 역사들일지라도 후대에 와서 기록된 방식 그대로 읽히지는 않는다는 거죠. 이렇게 얘기하다보니 영화가 아닌 역사 공부를 하는 것처럼 비춰질 수도 있는데요. 이 분야에서 중요한 건 영화가 오락이나 예술적 측면뿐 아니라 우리의 모습이나 사회상을 기록하는 아카이브적인 기능도 가지고 있다는 거죠.

김 | 논문 제목과 그 내용은 무엇인가요?

박 | 제 경우에는 2년 동안 총 두 편의 논문을 써야 했어요. 첫해의 논문 제목은 「아네스 바르다의 미국화: 1966~1969 동안의 바르다 영화에서 보여지는 반제국주의L'Américanisation d'Agnès Varda: L'anti-impérialisme chez Agnès Varda de 1966~1969」였어요. 처음부터 이러한 주제를 갖고 시작한 것은 아니고, 원래는 영화 전시라는 분야에 관심이 있어서 설치작가이자 영화감독인 아네스 바르다에 대해 공부하기 시작했었거든요. 그런데 공부하다보니 딱 이 1966년도부터 1969년도까지 감독의 행적이 분명치 않더라고요. 프랑스의 대표적인 누벨바그 여감독이자 지금까지 수많은 사회운동에 대표적으로 참여했던 이 감독이 프랑스의 가장 대표적인 시민운동인 68혁명을 함께하지 않았다는 것도 이상하고요. 그런 식으로 접근하다보니 감독의 3년 동안의 미국 체류 생활, 교우 관계, 사진과 영화, 인터뷰 등을 찾아보게 됐고요, 그러다보니 반베트남전쟁, 히피와 흑인 인권운동 등의 미국 사회 내에 드러났던 반사회적 움직임에 감독이 얼마나 깊게 공감하고 있었는지가 보이더라고요. 동시에 미국을 다룬 영화들 속에서 간접적으로 표현하긴 했지만, 프랑스 68혁명과 같은 해에 일어난 문화부 장관 앙드레 말로에 의한 시네마테크 창립자 앙리 랑글루아Henri Langlois의 해임 사건, 또 당시에 진행중이던 프랑스의 고급문화 정책 등을 어떻게 생각하

고 있는지도 알 수 있어서 비록 현지에서 다른 정치적인 누벨바그 감독들과 함께 행동한 건 아니지만 생각을 공유하고 있었다는 점이 인상 깊었어요. 이런 점들을 종합해서 쓰다보니 위와 같은 제목으로 논문을 마치게 됐고요.

최근에 쓴 마지막 논문의 제목은 「캄보디아 현대 영화 속 분실된 이미지 Les images manquantes dans le cinéma cambodgien contemporain」라고 해서 현재 프랑스를 기반으로 활동하고 있는 캄보디아 출신 감독 세 명(Rithy Panh, Roshane Saidnattar, Davy Chou)과 대만에서 활동하고 있는 사진작가이자 다큐멘터리스트인 반디 하타나Vandy Rattana의 크메르 루즈에 관한 다큐멘터리들을 공부한 결과물이에요. 비교적 근래에 일어났던 학살 사건이기 때문에 증거가 될 수 있는 사진과 영상들이 존재함에도 이 감독들은 그러한 장면들을 자신의 영화에서 다시 보여주면서 사건의 잔혹성을 설명하려 하지 않아요. 그들에게 있어 이 기록들은 승자의 입장에서 기록된, 진실 없이 만들어진 이미지일 뿐이기 때문이에요. 대신에 클로드 란츠만 Claude Lanzmann의 〈쇼아Shoah〉(1985)처럼 사람들의 기억을 기록하고 따라가요. 감독 자신이 화자가 되어 스스로의 기억을 재생해내는 경우도 있었고요. 보통 사람들은 눈에 보이는 것, 우리가 보는 것들만이 진실이라고 믿는 경향이 있기 때문에 이러한 시각들을 거부하고 새로운 대안을 찾아가는 과정이 인상 깊었어요. 또, 지인을 통해서 반디 하타나와 스카이프 전화를 통해 한 시간 반가량 인터뷰할 기회가 있었는데 그를 통해서 듣는 캄보디아의 과거와 현재가 일정 부분 우리나라를 떠올리게 하는 것도 있었고요. 이 논문을 통해서 우리나라 현대사에 관해 많은 걸 생각해볼 수 있었던 좋은 기회였던 것 같아요.

김 | 6년 동안 학업중인데, 지칠 때는 없나요? 혹여 향수병이랄지 울적함이 심할 땐 없나요? 그 극복 방법이 있나요?

박 | 향수병이나 우울증은…… 사실 저는 다 겪어봤어요. 여기 살면서 누가 안 그러겠어요. 가족이나 친구 없이 지내다보면 이런저런 생각이 드는 게 당연하죠. 저 같은 경우엔 생각이 많고 감정적인 편이라 더 심했었던 것 같기도 하고요. 그래서 처음엔 일부러 사람들도 많이 만나고 여기저기 많이 다녀보곤 했어요. 한국에서는 그렇게 풀었으니까요…… 그런데 그래도 소용없더라고요. 누굴 만나서 무슨 얘기를 하는지도 중요한 거니까요. 뻔한 대답인 것 같지만 그럴 때 도움이 된 게 가족이고 친구였어요. 스마트폰의 발명 덕분에 어느 때부터는 한국에 있는 사람들과 문자와 전화, 심지어 화상 통화도 할 수 있었으니까요. 어떻게 보면 남들보다 운 좋게 좋은 때에 와서 별탈 없이 잘 지내다 가는 것 같기도 하고요. 덕분에 여기 와서 가족이랑 더 애틋해진 것도 있는 것 같아요.

김 | 생활비나 학비는 어떻게 해결하나요? 물가가 비싸지 않은가요? 국적 취득 신청이 가능할 텐데, 그건 왜 시도하지 않나요? 그러면 세금 혜택 같은 것도 있지 않나요?

박 | 유학을 결심했을 당시에 한국에서 일을 하고 있었어요. 크게 모아놓은 돈은 없었지만 어떻게든 살 수 있을 것 같더라고요. 돈이야 아끼면 되고 모자라면 벌면 되지, 라고 생각했어요. 프랑스라는 나라가 어학 비용을 제외하면 학비에 대한 부담이 적기도 했고요. 홍상수 영화 〈밤과 낮〉

에도 나오죠. 학생이면 알로까시옹Allocation이라고 해서 집세 지원도 된다고요. 그래서 부담 없이 왔는데 생각보다 돈이 많이 들더라고요. 일하는 것도 공부하는 시간이랑 다 계산해서 해야 하니 부담도 많이 되고요. 결국엔 아직까지 부모님의 도움을 많이 받고 있어요. 사실 경제적으로 빨리 독립하고 싶은데 공부가 길어질수록 부모님께 드리는 부담도 커지는 것 같아서 마음이 많이 안 좋아요…… 물가는 요즘 서울 물가가 워낙 비싸다 보니까 여기랑 비슷한 것 같다는 생각이 들어요. 굳이 여기가 더 비싸다는 생각이 든다면 아무래도 여기선 제가 살림이나 모든 것을 총괄하는 사람이니까 그런 것 같아요. 한국에서는 보통 부모님 집에서 지내면서 제가 직접적으로 감당해야 하는 것들이 거의 없었거든요. 집세라든가 전기, 수도세, 장보기 등이요. 지금까지 부모님 덕분에 편히 살았다는 걸 다시 한 번 깨닫는 순간이었죠. 국적 취득에 관한 건 사실 최근까지는 생각조차 해본 적 없는 문제였어요. 여기에서 지내면서 거의 1년에 한 번씩 체류증 갱신이라는 걸 해요. 인터넷에서 미리 예약을 하고 정해진 약속 시간에 경시청에 가면 수십 명의 학생들이 같은 시간대에 같은 비자 문제를 해결하고자 길게 쭉 줄지어 서 있죠. 번호표를 들고 수십 명의 학생들 사이에서 언제 올지 모르는 순서를 기다리고 있을 때면 이런저런 생각이 많이 들어요. 겨우 1년에 한 번씩 겪는 일인데도 매일같이 겪는 부조리한 일인 양 느껴질 때가 있어요. 그런 얘기를 여기 친구들한테 했더니 왜 프랑스 국적을 안 갖냐는 거예요. 저 정도면 여기서 오래 살기도 했고, 또 앞으로도 쭉 살 수 있으면 좋지 않냐는 거죠. 그냥 나와서 사는 것이 목적이었다면 그렇게 했을 수도 있겠지만…… 저는 공부를 마치면 한국에 돌아가고 싶거든요. 당장 정해진 건 없지만 한국에서 하고 싶은 일들도 있고요. 또 국적, 즉 나의 뿌리라는 것에 대한 자부심도 있고 잘 지키고 싶은 욕심도 있어요. 나의 가족, 앞으로의 내 삶에 있어서 중요한 문제가 될 거란 알 수 없는 확신도 들고요. 세금에 관해선 잘 모르겠네요. 지금 받고 있는 집 보조금 말고 다른 쪽으로 혜택을 받을 수 있을 것 같진 않아요.

김 | 예쁘게 정돈된 느낌의 의상에 파마 웨이브도 자연스럽고요, 파리 여성들은 진짜 패셔니스타인가요? 헤어숍 이용은 편리한가요?

박 | 그렇게 봐주셨다면 감사하고요. 사실 한국에 있을 때보단 공을 덜 들여요. 미용실은 한국에 갈 때 아니면 여기에선 1년에 한 번 정도 가는 편이에요. 머리가 길다보니 파마 한번 하고 나면 손댈 일이 거의 없더라고요. 우선은 주변에 외모에 크게 신경 쓰는 사람들이 없어서 그런 것 같아요. 제가 패션이나 미용 쪽 분야에 있다면 다를 수도 있겠는데 글을 쓰는 공부를 하다보니 주변에 그런 친구들이 없기도 하고요. 여기 사람들은 자연스러운 멋스러움을 추구하는 것 같아요. 긴 시간 동안 알고 지내면서 머리 스타일이 크게 변하거나 한 친구들도 없고요, 검정이나 그레이, 남색 계열의 깔끔해 보이는 옷을 즐겨 입어요. 같이 쇼핑하러 가서도 보면 요즘 유행하는 스타일보다는 그 옷이 내 몸에 얼마나 자연스럽게 잘 어울리는지 어떤 원단을 사용했는지 더 많이 보는 것 같고요. 한국에 있을 땐 유행하는 스타일이라는 게 있잖아요. TV를 틀거나 인터넷만 접속해도 보이는 게 그 유행이라는 거죠. 사실 여러 매체에서 그런 유행하는 스타일을 권하기도 하잖아요. 이제는 그렇게 할 수 없기 때문이랄까…… 그런

것들이 부담스럽더라고요. 이제는 필요를 느낄 때에 가끔씩 쇼핑 가서 진짜 마음에 드는 옷을 사요. 그런 식으로 옷을 사니 1년이 아니라 4, 5년을 넘게 입을 수 있는 좋아하는 옷이라는 게 생기더라고요. 전에는 유행 바뀌기가 무섭게 매년 마다 수많은 옷을 사고 버렸던 것 같아요. 이런 식으로 아줌마가 돼가는 거라면 또 할말이 없지만, 기왕이면 여기 와서 비로소 남들의 시선에서 조금은 자유로워져서 저한테 맞는 걸 입고 즐기고 있다고 생각하고 싶네요.

김 | 파리 유학 중에 가장 난처했거나 기분 나빴던 경험이 있다면, 두어 가지 말씀해주세요.(본누벨Quartier de Bonne-Nouvelle 구역 얘기 등……)

박 | 전 사실 해외에서 살아본 게 이번이 처음은 아니에요. 프랑스에 와서 지내기 전에 캐나다에서도 혼자 여행을 하기도 했고 여기 살면서도 여기저기 여행을 많이 다녀봤어요. 그때마다 느끼는 게 파리만큼 다양한 사람들이 뒤섞여 살아가는 곳이 흔치 않다는 거예요. 그래서일까 이곳 사람들은 다른 문화에 대해 개방적인 편이에요. 알고자 하는 의지도 강하고요. 그렇지만 어딜 가나 음지라는 건 존재하기 마련이잖아요. 편견이라는 것도 마찬가지고요. 서울의 6분의 1 정도밖에 안 되는 크기의 파리지만, 이 작은 곳에 여러 가지 문화들이 골목골목에 뒤죽박죽 섞여 있어요. 벨빌Belleville이라고 해서 파리 20구에 위치한 동네가 있어요. 파리에서 가장 싼 동네 중 하나이기도 하고 중국이나 아프리카 문화권이 섞여 있는데다, 생마르탱 운하라고 파리에서 핫한 동네 중 하나와도 아주 가까워서 이주 노동자와 예술인, 부랑자 들…… 수많은 사람이 섞여 있는 동네예요. 요

즘 이곳에 갤러리들이 많이 생기고 있는 추세라 가끔씩 지나다닐 일이 생기곤 하거든요. 지금은 잘 아니까 딱히 난처한 일이 생길 일이 많지 않은데요. 처음 그 동네에 갔을 때에는 매춘 골목 같은 게 있는 줄 모르고 그 앞에서 친구를 기다리다가 지나가는 사람한테 불편한 요구를 받은 적이 있죠. 그런 동네에 있는 아시아인들은 다 그런 사람일 거다, 라는 편견에서 나온 것 같은데요. 당시엔 좀 무서웠었지만 덕분에 그 이후론 그 동네를 조심히 다니게 됐으니 결국엔 경험을 통해 배우게 된 거죠. 어딜 가나 마찬가지겠지만 외국인으로서 다른 나라 속에 완전히 섞이는 일이란 쉬운 게 아닌 것 같아요. 한편으론 나 자신을 버리고 그 속에 파묻혀 살 필요도 없는 것 같고요. 다만 다른 사람들 속에서 나와 그들의 차이를 알고 인정하는 게 중요한 것 같아요. 그전에는 이 속에 제대로 섞일 수 없다는 게…… 나라는 사람이 이곳에선 영원히 외국인으로서 존재할 수밖에 없다는 데에 무력감을 느낀 적도 있었지만 그냥 다르다고 인정하고 나니 많은 게 편해지더라고요. 아까와 같은 해프닝에도 그럴 수도 있지 하고 웃어넘기게 되었고요.

김 | 지금의 연인과 이번 여름에 같이 한국 부모님 댁에 다녀오셨죠? 부모님의 반응은 어땠나요? 그는 어떤 사람인가요? 서양 남성과 한국 남성의 큰 차이점은 뭘까요? '노산' 그런 얘기 하셨는데, 결혼과 출산에 대한 자신의 의견은 어떠세요? 한국에선 취업이나 결혼을 다 포기한 친구들 많아서요.

박 | 이거 약간 커밍아웃처럼 되는 것 같은데 사실이에요. 연인이라는 말은 아직 어색하고, 현재 1년 반 넘게 만나온 남자친구가 있어요. 여기서

공부하면서 알게 돼서 지금까지 그 인연을 이어오고 있어요. 저 스스로도 제가 외국 사람을 만날 거라고 생각해본 적이 없었기 때문에 저뿐만 아니라 제 가족이나 친구들도 제가 여기서 누군가를 데려와서 소개할 거라고 생각하지 않았던 것 같아요. 이번에 한국에 가서 얘기했을 때 다들 적잖이 놀라셨죠. 그래도 막상 만나고 나니 다들 친절하게 잘 대해주셨고요. 똑똑한 사람이고 저를 많이 좋아해주는 사람이에요. 제 문화나 제 주변인들에 대해 궁금해하고 또 잘하고 싶어하는 사람이고요. 그래서 이 친구가 한국에 왔을 때 다들 부담 없이 대할 수 있었던 것 같고요. 전 부모님의 반응보다도 제 스스로 느꼈던 점에 대해서 얘기하고 싶은데요. 우선은 지금까지는 저의 파리에서의 생활과 서울에서의 생활은 정확히 반으로 나뉘어져 있었거든요. 처음 파리 땅을 밟고 매 여름마다 한국에 오가면서 제 한 다리와 다른 한 다리가 각각 다른 땅을 밟고 있는 느낌이었어요. 좋게 말하면 두 도시를 자유롭게 왕래하는 상태지만, 또 달리 말하면 어중간하게 걸쳐져 있는 느낌이었죠. 그렇게 생각하니 진짜 내가 누군지 어떤 상황인지 잘 모르겠더라고요. 그런데 이 친구가 저희 가족의 집에 들어서고 저만의 것들과 처음으로 만났을 때 그러한 경계가 조금은 섞이는 듯한 느낌을 받았어요. 그전에는 저 스스로 엄격하게 이곳과 서울의 생활을 나눠왔었던 거예요. 그러면서 동시에 파리에서 생활하면서 감정적으로 인색하게 굴던 것들도 많았던 것 같고요. 그래서일까 이제는 마음이 더 편해요. 내 주변인들과 나 자신에게 좀더 솔직해졌다는 느낌도 들고요. 결혼이나 출산에 관한 문제는 여자에게 있어 피해갈 수 없는 큰 숙제겠죠. 선택을 해야만 하니까요. 저도 잘 모르겠어요. 사실 여기 오기 전까지만 해

은지의 밝음과 화사함이 그 둘레를 따사롭게 감싼다. 로션만 발라도 얼굴에 환한 빛이 나는 건 사랑하고 있기 때문이리라. 그녀는 연애를 숨기지 않는다. 내가 슬쩍 애인 이름, 알란 에글린톤Alan Eglinton을 책에 넣어도 되냐고 물으니까 좋다고 했다. 한국 아가씨들이 무슨 죄인 양 연애 전적을 감추는 데 반해 그녀는 당당하고 자유롭다. 아닌가? 나도 한국 꼰대가 다 되어 멀쩡한 한국 여자애들을 오해하는 건가?

도 전 결혼이나 출산에 대해 회의적이었거든요. 사람들이 말하는 결혼의 조건이랄까 그런 게 너무 복잡하고 어려웠어요. 지금은 어렸을 때 친구들도 그렇고 제 주변의 많은 사람들이 결혼도 하고 아이도 갖고 하면서 농담처럼 얘기하거든요. 너는 결혼하지 말고 자유롭게 살라고. 반면에 결혼해서 그냥 편하게 살라는 친구들도 있었고요. 이러한 시선들이 생각해보면 결혼이나 출산이 여자의 인생을 결정짓는 치명적인 한 방이라고 생각해서 나온 얘기인 것 같아요. 어찌됐건 그건 각자의 선택이니까요. 글쎄요, 지금의 저는 삶의 질을 이유로 결혼이나 출산에서 얻을 수 있는 것들을 포기하고 싶진 않아요. 이걸로 인해 내 삶의 목적이 크게 좌지우지되지 않을 거라는 자신감도 조금 생겼고요. 또 그로 인해 행복해질 수 있을 것 같아요. 욕심내지 않고 남들과 비교하지 않고 좀 더디더라도 제가 가진 것에 맞춰 천천히 가면 되지 않을까요? 이런 얘기하면 꼭 다들 이렇게 얘기하죠. 네가 한국 나와 살아봐라. 이리저리 치이다보면 다 똑같아진다. 그렇지만 여기도 딱히 다른 건 아니거든요. 입시 지옥, 엘리트, 사회적 불평등 모두 다 존재해요. 다만 모든 사람들이 똑같은 걸 원하고 꿈꾸진 않죠. 선택을 하면서 포기할 줄도 아니까요. 전 아직 그 포기라는 걸 완전히는 하지 못해서 욕심이 많아요. 그래서 좀더 마음을 비우는 방법을 배우려고 노력중이에요. 우리가 어렸을 때부터 남과 비교해서 나를 채찍질하는 그런 환경에서 자란 탓인지 우리 자신한테 너무 관대하지 못한 것 같아요. 사실 여기서 지내는 6년 동안 친구들한테 그런 지적도 많이 들었고요. 이런 엄격함이 우리가 진짜 포기해야 할 것과 욕심내야 할 것을 바꿔놓은 건 아닐까요? 저도 잘 모르겠어요. 아직 그 답을 찾는 중이거든요.

김 | 파리 유학을 꿈꾸는 이들이 많은데, 그들에게 들려줄 '유학에 성공하는 법'이 있다면요? 은지씨는 꽤 잘해나가고 있는 유학생의 표본 같아서요.

박 | 아네요. 표본이라는 말은 저하곤 정말 안 어울리는 단어인 것 같아요. 한국에서도 마찬가지였지만 여기 와서도 시행착오를 참 많이 했어요. 그런 힘든 시기일수록 남들이 잘하고 있는 모습이 유독 눈에 띄더라고요. 그래서 참 속상했어요. 남들은 저렇게 잘 지내고 있는데 나는 뭐하고 있는 건가 하고요. 전공을 잘못 선택한 건 아닐까 하고 바꿀 생각도 많이 해봤었고요. 그래도 결국엔 포기하지 않았기 때문에 지금까지 올 수 있었던 것 같아요. 주변에서도 많이 도와주셨고요. 생각해보면 딱히 유학에 성공하는 방법이라는 건 없는 것 같아요. 정한 목표가 어떤 것이냐에 따라 그 방법도 많이 달라질 것 같고요. 다만 이것저것 많이 배우고 경험하고 가는 게 가장 중요한 게 아닌가 싶어요. 그래도 딱 한마디 꼭 해야만 한다면 절대 남하고 비교하지 말 것. 당장 어려울 때 나보다 나아 보이는 사람과 비교해서 좋아질 일이란 없는 것 같아서요. 실수투성이의 나이지만 스스로 잘한다 예쁘다 하고 다독여주는 게 중요한 것 같아요. 전 그걸 잘 못해서 주변 사람들을 엄청 괴롭히고 있죠. 예쁘다, 잘하고 있다 해달라고요.

김 | 앞으로 영화를 찍는다거나 다른 공부를 하실 건가요? 앞으로의 계획에 관해 얘기해주실래요?

박 | 우선은 공부를 더 할 생각이에요. 지금은 곧이어 시작할 박사논문을 준비하고 있고요, 동시에 파리에서 벗어나 새로운 환경에서 공부하고 싶

은 마음도 있어서 여기가 아닌 다른 장소도 물색해보고 있는 중이에요. 당장 확실한 계획이 정해진 건 아니지만 남자친구와 함께 다큐멘터리 영화도 한 편 준비하고 있어요. 파리에 오고 난 뒤론 딱히 영화 작업을 한 적이 없어서 잘할 수 있을지 걱정이 더 앞서지만, 다시 배운다 생각하고 차근차근 준비해보려고 해요.

간주곡

어둠이 다시 퍼지면
너는 방에서 나온다
골목에서 기다릴게

저만치 네가 걸어오는 복도 내려오는
계단 불빛이 켜졌다가 꺼지는 동안
몇 개의 건반으로 만든 무한한 음악이

너와 걸으면 내 몸에서 리듬이 분비된다
느리고 평안하게
차가워져

마치 이 세상에 다시 올 것처럼
그때는 드러내어 사랑할 수 있을 듯이
몇 줄의 소리로 온 세계에 알릴 듯이

왜 넌 나를 선생님이라 부르는 거니

밤의 카페에서 책에 홀린 너를
그 둘레를 감싼 따뜻하고 투명한 막을

마치 내 몸이 내 몸인 것처럼
마치 우주를 느끼는 것처럼
소름과 시름 따위 구름이라고 불러도 되는 것이다
썰렁하지

우리 사이에 흐르는 빙수
검은 건반 아래 새하얀 날의 살결

얼음이 녹기 전에
긁는다 숟가락은 왜
손가락이 아닌가 부딪친다
간신히 나는 희박하게 우리는 있다
스테인리스 드레스 팬시 성에 다이아몬드 결빙 만발한 정원
유리창 너머
손을 들어 흔드는 너

나는 간주된다 울리지 않는 전축

이 신음이 노래인 줄 모르고

마저 이 세상을 사랑할 것처럼

—2015년 8월 7일, 저녁에

김민정

파리 유학생

일시 | 2015년 10월 21일.
장소 | 카페 베흘레Café Verlet, 256 rue Saint-Honoré. 루브르박물관 앞 생오노레 길에 위치한 카페 베흘레. 1900년대 초에 생겼다. 전 세계의 볶음커피를 취급하는데 커피 애호가라면 카페에 들어서자마자 구수하고, 진한 커피향에 금세 기분이 좋아질 것이다. 파리에서 손에 꼽히는 커피 맛집이다. 제일 무난하다는 카페 알롱제Café Allongé(에스프레소에 따뜻한 물을 추가해서 연하게 한 커피)를 마셔봐도 그 맛이 특별히 좋다는 걸 느끼게 된다. 이곳에서 커피 한잔을 하고 뛸르리 정원Jardin des Tuileries과 왕궁 정원Palais Royal을 산책해보는 건 어떨까? 그 순서를 바꿔도 괜찮다.

민정을 혼자 만난 건 아니다. 은지, 은지의 애인, 그리고 성환과 함께 만났는데, 그들은 우리가 인터뷰하는 사이에 뛸르리 공원으로 산책하고 오겠다며 카페에서 나갔다.

이듬 | **아직 학생이죠? 어느 학교에 다니나요? 그곳에 입학하게 된 계기가 있나요?**

민정 | 네. 학교는 에티엔느 드크루 신체마임연극학교Ecole internationale de Mime Corporel Dramatique라는 곳으로 2015년 올해 졸업했습니다. 벨빌Belleville에 있는 학교인데요, 아름다운 마을이라는 이름 뜻과는 다르게 꽤나 음기가 가득한 동네예요. 하지만 유명한 건축학교도 있고. 공원도 있고. 제가 좋아하는 카페들도 많은 곳이라 이제는 애증의 동네가 되었죠.

제가 예전에 어학원에서 만난 친구들끼리 의기투합하여 유학생들의 이야기로 잡지를 한번 만들어보기로 했었는데 저는 그 당시 거리의 아티스트들에 대한 이야기를 적어보려고 했거든요. 제가 관심 있는 분야이기도 했고요. 그래서 무작정 퐁피두센터에 매일같이 나가 거리공연을 봤어요. 그때 롤랑Roland이라는 마임이스트를 만나게 되었는데 이런저런 이야기를 나누면서 제가 지금 다니는 학교에 대한 정보를 얻게 되었죠. 그러고는 그 학교를 찾아갔고요. 그런데 첫 느낌이 왠지 다시 오게 될 것 같은 느낌이 들더라고요. 그리고 그다음해 저는 그 학교에 입학하게 되었습니다. 그냥 이 모든 게 너무나도 자연스럽게 흘러갔어요.

이듬 | **전공인 '신체마임'은 낯선 분야인데요, 거기에 관해 짧은 소개 부탁드립니다.**

민정 | 네 맞아요. 마임이라 하면 대부분 팬터마임을 떠올리실 거예요. 마임에는 여러 종류가 있어요. 많이들 알고 계시는 팬터마임, 동상과 같은 표현을 하는 스테츄마임, 광대 혹은 피에로 복장을 한 코미디적인 요소가 많이 가미되어 있는 크라운마임, 그리고 몸으로 특정 사물이나 상황을 추상적인 동작을 통해 극적으로 표현하는 신체마임이 있어요. 팬터마임이 보이지 않는 어떤 사물을 실제로 존재하는 것처럼 표현하는 직접적인 방법이라 한다면 신체마임은 몸이 그 사물이 되어 움직이는 추상적인 표현이 되겠네요. 신체마임 창시자인 에티엔느 드크루Étienne Decroux의 레퍼토리인 〈공장L'usine〉이나 〈나무Les arbres〉, 〈빨래하는 여인La lavandière〉을 보시면 좀더 이해하기 쉬우실 것 같아요.

이듬 | 롤모델이랄까, 좋아하는 마임이스트가 있나요?

민정 | 음. 아직 전 세계에 제가 모르는 훌륭한 마임이스트 분들이 많을 거라고 생각해요. 우연히 유투브에서 탄생 그리고 죽음까지 인간의 일생을 표현한 이태건 마임이스트의 〈인생〉을 인상 깊게 보았습니다. 한국적인 음악과 장면, 그리고 이태건님의 표정 연기가 프랑스 마임 대가인 마르셀 마르소Marcel Marceau의 일생과는 또다른 매력이 있더라고요.

이듬 | 유학 온 지 얼마나 되셨어요? 얼마나 더 여기 머무실지, 아님 어딘가로 가신다면 어떤 계획으로 어디로 가시는지요?

민정 | 2012년 5월 마지막 주에 파리에 왔던 걸로 기억하고 있어요. 지금 3년 반이 다 되어가네요. 졸업 후에 파리에서 좀더 배우고 경험도 쌓고 한국으로 돌아갈 생각이었지만, 비자 문제도 있고 경제적인 부분이 많이 부담이 돼서 올해 한국으로 귀국하려고 합니다. 한국에 돌아가서도 전문마임 극단에 찾아가 조언도 구하고 기회가 된다면 무대 경험도 더 넓히고 싶어요. 그리고 아직 배움이 많이 부족하다고 생각하기 때문에 대학교 편입도 준비할 예정이에요.

이듬 | 유학 생활 중에 가장 어려웠던 일은 뭔가요? 일반적으로 한국 유학생들에게 그런 경험이 있나요?(5가지 정도)

민정 | 우선 언어적인 부분이 가장 컸던 것 같아요. 하필 제가 다니는 학교가 마임 학교라 특별히 학교에서 불어로 대본을 외우거나 심오하게 그 대사 단어의 의미를 파악하지 않아도 되거든요. 그래서 언어에 조금 소홀해

진 게 사실이에요. 그러다보니 수업 시간에 선생님의 설명 디테일을 많이 놓치곤 했어요. 그리고 수업 시간에 못 알아듣고 내 순서가 아닌데 앞장서 나가다 친구들이 절 질질 끌어내기도 했고 저 혼자 다른 동작을 하다 거울 속에 비친 내 모습을 보고 얼굴이 벌개진 적도 비일비재하구요. 당시 모두가 웃고 있을 때 전 마냥 웃을 수만은 없었죠. 하하하하. 하지만 지나고 나니 그 시간 또한 그립네요. 그리고 경시청을 비롯한 관공서들이요. 파리에서 체류증 연장을 했던 분들이라면 다들 공감하실 거라 생각들어요. 직원분들은 아무래도 하루종일 같은 업무를 보시고 많은 사람을 상대 하다보면 당연히 스트레스 받을 거라 생각하지만 무지 쌀쌀맞고 시스템도 느리고. 담당자를 누구를 만나느냐에 따라 그해 내 체류증 연장이 순탄하게 될지 험난할지가 좌우된답니다. 파리에 와서 체류증 연장을 두 번 했는데요, 갈 때마다 늘 속으로 착한 담당자를 만나길 기도했었어요.

이듬 | 집에서 요리는 자주 하나요? 빵과 와인, 커피는 소문대로 싸고 맛있나요? 한국에서 올 친구들에게 소개해주고 싶은 카페가 있다면 5군데 정도 소개해주시겠어요?

민정 | 요리요? 좋아는 하는데 자주하진 않아요. 특히 조금만 방심하면 살이 찌는 체질이라 계속 체중 관리를 해야 하거든요. 공연을 앞두고 3~4개월 동안은 단 한 번도 요리하려고 불을 쓴 적도 없었던 것 같네요. 제가 지금 살고 있는 곳이 17구에 있는 빌리에Villiers라는 동네인데 시장길이에요. 굳이 유명한 곳이 아니더라도 동네 어느 빵집에 가도 바게트는 다 맛있더라고요. 와인 또한 정말 원 없이 마시고 가는 것 같아요. 슈퍼에서 우리나라 돈으로 만 원도 안 되는 가격으로도 괜찮은 와인을 맘껏 마실 수

민정의 별명은 제2의 공옥진. 내가 파리를 떠나기 하루 전날 마리아주 프레르Mariage Frères라는 초콜릿과 엽서를 들고 나의 숙소에 들렀다. 그 엽서에는 마르코 폴로Marco Polo나 웨딩 임페리얼Wedding Imperial 같은 파리에서 유명한 차를 선물하고 싶었지만 이미 마시는 걸 봐서 그걸 준비했다고 적혀 있었다. 달콤 쌉싸름한 물질이 아니라 가벼운 주머니의 깊은 마음이 있어 나는 한 걸음씩 내딛는다.

있어 행복했답니다. 그리고 제가 정말 커피를 좋아하거든요. 그러다보니 자연스럽게 친구들 만나도 밥을 먹으러 갈 때보다 커피를 마시러 가는 일이 더 많고요. 벨빌에 있는 Café cream—아무래도 학교 근처이다보니 제일 자주 갔던 것 같아요. 이곳의 카페 누아제트Café noisette는 정말 부드러워요. 생마르탱의 텐벨Café 10 Belles—영국 바리스타가 있어서 그런지 카페 자체도 굉장히 영국스러워요(기분 탓인가요……). 여기는 약간 산미가 있는 커피인데요. 이곳의 커피와 스콘을 참 좋아해요. 생토노레Rue du Faubourg Saint-Honoré의 Café Honor—이곳은 Honor가 새겨진 이쁜 병에 담긴 더치커피가 유명한 곳인데요, 방문하신다면 로우프 케이크Loaf cake와 플랫 화이트flat white도 추천해요. 마레 지구의 부트 카페Boot Café—작은 테이블이 4개 정도밖에 안 되는 정말 자그마한 곳이에요. 비좁아서 옆 테이블이랑 겸상하는 기분이지만 카페 인테리어도 너무 감각적이고 종업원과 편하게 이야기도 나눌 수 있는 매력적인 곳이에요. 마레 지구의 프래그먼트 카페Café Fragments—제가 좋아하는 카페 글라세Café glacé는 없지만 크기며 맛도 흡족한 홈메이드 파운드케이크를 맛볼 수 있는 곳이에요. 단, 이곳은 현금만 가능한 곳이에요!

이듬 | 이곳 공항에 내리면 집에 온 기분이라고 하셨는데 파리가 지닌 매력이 뭘까요? 왜 들 안(못) 떠나죠? 또한 파리의 가장 큰 문제점은 뭔가요?

민정 | 아, 어려운 질문이네요. 저희들끼리는 파리는 정말 개미지옥 같은 곳이라고 우스갯소리로 말하곤 해요. 그만큼 한번 들어가면 나오기 힘든 매력을 가진 곳이라는 의미겠죠. 음, 파리의 매력이 어떤 건지 말로 정확

하게 표현할 수는 없지만, 단편적으로 한국과 달리 주위의 시선에서 좀더 자유로워질 수 있고 감성적으로도 많이 열리게 되는 것 같아요. 저는 프랑스 영화를 보면서 가끔 기분 좋은 독특한 코드가 느껴졌거든요. 그런 독특함이 보통의 사람들에게서도 한번씩 보여지는데 뭔가 영화를 보는 듯한 쾌감이 있었어요. 제 생각에는 어느 나라든 그 나라에 첫발을 내디뎠을 때 나와 잘 맞는 곳인지, 혹은 내가 잘 살 수 있을 것 같은지 느낌이 오는 것 같아요. 그곳의 분위기, 사람들을 통해 느껴지기도 하고요. 그리고 적응을 끝내면 금방 익숙해지게 되고요. 하지만 익숙함이 가끔은 두려워져요. 내가 한국으로 돌아가서 잘할 수 있을까, 돌아가서 다시 시작할 수 있을까 하는 불안감. 이렇게 모두가 각자의 상황에 맞게 귀국 혹은 정착을 하는 게 아닐까요.

이듬 | 아르바이트 경험이 있나요? 월급은 제대로 받을 수 있나요?

민정 | 아르바이트 경험은 없어요. 제 긴긴 유학 생활에서 유일하게 백수로 살았던 시간이었어요. 변명을 하자면 학교 수업과 단체 또는 개인 연습이 많아 일정한 시간에 할 수 있는 아르바이트를 구하기가 쉽지 않더라고요. 지금 생각해보면 좀더 부지런했더라면 주말 아르바이트라도 할 수 있었을 것 같네요.

이듬 | 10년을 에둘러 결국 파리에 온 것 같다고 하셨는데…… '운명'이란 게 있을까요?

민정 | 네, 프랑스가 저에게는 네번째 나라예요. 지금 생각해보면 제가 처음 연극할 때 맡았던 배역이 말을 더듬는 사창가 여자였고, 두번째 작품

에서는 먹쇠라는 사람 같은 소 역할이었어요. 두 배역 모두 대사보다는 표정과 몸짓이 주된 연기였는데 이때부터 이미 저는 마임과 인연이 있었던 것 같네요. 대학 입시 연극과 시험에 떨어지고 일본으로 건너가 호텔 경영을 전공하고 호텔에서 근무도 했었죠. 당시에는 부모님께서도 안정적인 직업을 원하셨고 저도 어릴 때라 그게 옳은 길이라 생각했어요. 그런데 계속 연극에 대한 미련이 남더라구요. 일본에서 귀국한 후 부모님을 설득하고 바로 런던으로 떠나게 됐어요. 런던에서 정말 열심히 살았어요. 카페 아르바이트를 하면서 시험 준비하고, 원하는 학교에 지원할 수 있는 점수도 받아놨는데. 그 당시 영국 정권이 바뀌면서 그렇지 않아도 비싼 학비가 2배 이상 인상이 된 거죠. 영국이 저에게 첫 나라가 아니었기에 부모님께 무작정 그 많은 학비를 지원해달라는 말이 나오지 않더라고요. 그래서 결국 막판에 포기하고 한국으로 들어가 비언어극 공연 해외 마케팅 일을 하게 됐어요. 그 당시에는 '그래. 내가 좋아하는 공연. 내가 배우가 아님 어때? 좋은 공연을 열심히 알리자!' 라며 큰 포부를 가지고 일을 시작했지만. 점점 무대에 서고 싶은 마음이 커지더라고요. 정작 내가 하고 싶은 일은 정해져 있는데 자꾸 그 주위를 맴도는 느낌이랄까. 그래서 정말 마지막이다 생각하고 파리로 오게 되었죠. 여기까지 오는 데에 12년이 걸렸네요. 잘 모르는 사람들이 보면 어쩌면 배부른 소리라고 하실지 모르겠지만 쉽지 않은 결정이었어요. 하지만 제가 지금껏 살아오면서 질리지 않고, 지치지 않고 제일 열정을 쏟았던 일은 무대에 섰던 일 하나였던 것 같아요. 비록 남들보다 좀 늦은 시작이긴 하지만, 지금이라도 내가 정말 좋아하는 일을 할 수 있고 그 기회를 스스로 만들 수 있다는 것에 감사하고 앞으로의 경험 또한 많이 기대하고 있어요.

오늘밤 나는 타락한 천사를 생각했다. 이런 생각은 좀체 하지 않는데 민정, 은지, 성환과 얘기 도중에 파리에 있는 어떤 한국 교회의 행태를 전해 듣게 되었다. 믿을 수 없을 정도로 충격적인 이 문제를 시로 써보려 했으나 콩트 같은 산문으로 흘러가버렸다.

죽음에 대한 생각

'노래하자, 먹자, 마시자, 사랑하자'가 에르메스 씨의 좌우명일 거야. 며칠 전 카페 실내 벽에 그가 이 문구를 써서 붙였거든. 내게도 좌우명이 있었지. '배움에 열정적인 인간'이었던 거 알지? 그런데 난 요새 학교 수업에 자주 빠지곤 해. 밤늦게까지 맥주를 나르고 크레이프를 만들다가 숙소에 가면 아침에 알람이 울려도 일어날 수가 없어.

오늘은 카페에서 저녁 8시부터 시 낭독회를 했어. 물론 나는 손님들에게 주문을 받고 음식이나 커피, 술을 갖다주느라 자세히 들을 수는 없었지만 집중을 하지 않아도 들을 수 있는 피아노 연주도 멋졌어. 엄마도 알 거야. 「미라보 다리」라는 시 말이야. 기욤 아폴리네르가 쓴 그 작품은 한국에서도 유명하잖아. 끌로드라는 사람이 그의 시를 읊고 나니까 그 사람의 애인으로 보이는 여자가 마리 로랑생의 시를 낭독했어. 마리 로랑생은 화가였지만 시도 썼다더라. 아폴리네르의 애인이었대. 엄마한테 이 시를 알려줄게.

따분한 여자보다 불쌍한 여인은 슬픈 여자다

슬픈 여자보다 불쌍한 여인은 불행한 여자다

불행한 여자보다 불쌍한 여인은 병든 여자다

병든 여자보다 불쌍한 여인은 버림받은 여자다
버림받은 여자보다 불쌍한 여인은 고독한 여자다
고독한 여자보다 불쌍한 여인은 쫓겨난 여자다
쫓겨난 여자보다 불쌍한 여인은 죽은 여자다
죽은 여자보다 불쌍한 여인은 잊혀진 여자다

제목은 모르겠어. 내 취향은 아니거든. 난 오히려 라마르틴의 시라던 「죽음에 대한 생각」이 마음에 들었는데, 왠지 뭉클했어. 엄마! 걱정 마. 나 자살 같은 거 안 해.

전에도 말했지만 내가 일하는 카페는 몽마르트르 언덕에 있어. 그 유명한 피카소, 모딜리아니, 로트렉, 아폴리네르 등이 드나들던 세탁선이 있는 곳에서 가까워. 이 거리에는 하루종일 관광객이 넘쳐나. 여기서 일하는 동양 여자애는 나밖에 없는데 프랑스인 친구 대신 하는 일이니까 이달 말까지 일하면 끝이야. 주인아저씨 에르메스도 잘해주고 그가 만들어주는 샹티이 크림도 맛있어. 하얀 생크림에 흰 설탕을 넣고 거품기로 저으며 아저씨는 말하곤 해. "너처럼 청순하고 풍성한 순백의 크림이지?"

어제는 숙소에 가니까 목사님이 거실에 앉아 계셨어. 난 신발을 벗다가 죽은 손목시계처럼 딱 멈춰 섰어. 그 밤에 여자 기숙사에 들어와 있으리라곤 상상도 못했거든.

"이제 들어오나? 자매님은 따로 기도가 필요할 것 같군. 이번 주일에 예배 마치고나서 잠시 내 방으로 들르도록 해." 그러시곤 나가셨어.

내가 방에 들어가서 룸메이트한테 이 얘길 했더니, 지혜는 돌아누우며 조용히 한마디 하는 거야. "조심해." 그 애도 나처럼 교환학생으로 왔어. 그 애도 나처럼 한국에서 파리로 출발하기 전에 어학원과 기숙사를 알아보려고 인터넷을 뒤지다가 그 목사님 연락처를 알게 되었대. 물론 그 애도 나처럼 목사님의 도움을 받아서 목사님이 소유한 이렇게 싼 숙소를 제공받았고.

우리는 매주 일요일에 교회에 가. 오르세 미술관 근처에 있는 제법 큰 한인 교회야. 현지 한국인들과 유학생이 대부분인데 프랑스인, 중국인도 몇몇 있어. 목사님의 설교는 마치 연극배우의 퍼포먼스 같아. 그의 목소리는 성악가처럼 부드럽고 웅장한데 아주 작게 말했다가 갑자기 커지곤 해서 잠을 잘 수는 없어. 설교하다가 중간에 춤을 추기도 하고 노래도 불러. 나는 아직 형식적으로 교회에 나가기 때문에 남들이 기도할 때도 여기저기 관찰을 하곤 해. 그러다가 목사님하고 눈이 마주친 적도 있어.

유학생들은 점심 먹을 때 남녀가 따로 앉아서 식사를 해야 돼. 목사님 말로는 서로 가까워지면 학업에 방해가 된다는 건데 나는 남자친구가 있었으면 좋겠어. 그런데 교회에서는 사귈 기회가 없어. 사진 공부를 하러 유학 온 오빠가 있었어. 그 오빠는 잘생기고 훤칠한데다 불어도 능통해서 내 친구들 사이에도 인기가 많았어. 나도 그 오빠하고 말을 걸어보고 싶었는데 마임이스트 언니랑 첼로 배우러 온 언니랑 더블 데이트한다는 소문이 있긴 했어. 그런데 어느 날 그 오빠가 안 보이는 거야. 알고 보니 목사님이 그 오빠한테 교회에 나오지 말라고 했대. 사탄이 씌었다고 말이야.

그런데 있잖아, 엄마! 나는 그 첼리스트 언니랑 목사님이 센 강변 아이스크림 가게에서 나오는 걸 봤어. 두 사람이 굉장히 친해 보였어. 그 언니가 나를 힐끗 보더니 민첩하게 걸어 노트르담 대성당과 소르본 대학 사이 골목으로 들어가버렸어.

이건 엄마한테 아직 말 안 한 건데 지난번에 따로 기도가 필요하다고 해서 만났던 날 말이야. 그날 교회 목회자실에서 기도를 할 때 목사님이 내 손을 잡고 기도하셨어. 내 무릎 위에 놓인 양손을 잡고 큰 소리로 기도를 해주시는데 치마가 자꾸 위로 올라가서 혼났어. 기도를 할수록 나는 신과 멀어지는 느낌이 들던데, 내가 문제가 많은 걸까? 죽은 뒤에도 천국 지옥 같은 게 있다면 끔찍하지 않을까? 목사님은 같이 저녁을 먹으러 나가자고 했지만 나는 학교 과제물이 밀렸다는 핑계를 대고 허둥지둥 숙소로 왔다가 아르바이트하러 갔어. 목사님이 조금 이상한 것 같다는 투로 파리 유학생 커뮤니티에 글을 올렸지만 무슨 영문인지 잠시 후에 지워

졌더라고. 아마도 그 사이트 운영자하고 목사님이 가까운 사이인가봐.

내가 신경과민일까? 숙소에 있는 애들이랑 얘기를 나눠보려고 해도 이 친구들은 대부분 몹시 바빠. 불어로 하는 수업을 따라잡기 힘들어서 대부분의 애들은 교수들의 강의를 녹음해 와서 다시 들으면서 공부를 하거든. 밥을 해먹을 시간도 부족한 게 사실이야. 집에서 용돈을 부쳐주지만 구두가 없어서 못 나가는 애도 있어. 소나기를 흠뻑 맞고 돌아온 날에는 다음날까지 신발이 잘 마르지 않잖아. 우리는 서로 많은 말을 안 해. 이상하게도 그런 분위기가 여자 기숙사에 조성되어 있어. 우리는 마치 서로를 견제하는 수감자처럼 움직인다고나 할까.

엄마! 미안해. 나는 학교에도 잘 적응하지 못했고 불어 실력도 크게 늘지 않았어. 몸무게만 자꾸 불어나. 거의 매일 빵이랑 다디단 케이크, 치즈 같은 걸로 끼니를 때워. 카페에서는 커다란 피자 한 판을 접어서 재빨리 먹어치우고. 그러나 다행이야. 나는 엄마한테 뭐든 다 얘기할 수 있으니까. 아직까지는 비밀 없어.

한국에 있는 친구들은 파리라니 멋있다, 파리지앵하고 사귀어봐라 그러지만 나는 자꾸 의기소침해져가고 있어. 여기 온 지 이제 석 달째니까 앞으로 괜찮은 파리지앵을 만나게 되면 엄마한테 그 사람 사진부터 보내줄게.

지금은 에릭 사티의 〈짐노페디〉를 듣고 있어. 아무 일도 일어나지 않을 것 같은 가느다란 선율이 좋다고 엄마가 그랬지? "제 음악은 그렇게 집중해서 듣는 음악이 아니랍니다." 사티가 그렇게 말했대. 그러니까 엄마도 내 이메일 내용을 그렇게 집중해서 큰일이라도 날 것처럼 읽지는 말아줘. 엄마를 사랑해. 나의 절친 같은 나의 엄마! 엄마가 만들어주는 김치찌개하고 삼계탕이 너무 먹고 싶다. 거기도 춥지? 건강하게 잘 지내. 할머니하고 아빠한테도 안부 전해줘. 안녕, 주 뗌므.

—2015년 10월 2일, 낮에

크날 크리스Chnal Chris

노숙 철학자

일시 | 2015년 10월 27일.
장소 | 파리 17구, 메트로 2호선 롬Rome 역 앞. 이곳은 북프랑스로 통하는 기차역 생라자르Saint-Lazare 역 근처라 비둘기와 부랑자, 걸인이 많다.
1910년 겨울에 있었던 파리 대홍수(폭우로 센 강의 수심이 평균보다 8미터 높아져 범람했던 사건)로 인해 파리가 물에 잠겼으나 생 라자르 앞까지 차오르던 물살이 멈췄다. 한마디로 홍수가 나도 안전할 만큼 지대가 높은 동네다.

모네가 연작을 그린 생라자르Saint-Lazare 역 주변에서 나는 자주 크리스를 만날 수 있었지만 인터뷰를 하기로 약속한 날부터 그는 눈에 띄지 않았다. 나는 며칠간 그의 안부가 궁금했는데 10월 27일 수요일 오후 4시쯤 역 근처 건널목에서 그를 만나게 되었다.

K | **크리스, 요즘 바빴어? 오늘 어디 갔다 오는 길이니?**

C | 오전에 쇼핑했어. 음식하고 생활용품을 샀어. 오후에는 의사를 만나고 오는 길이야.

K | **무슨 의사?**

나는 내 숙소가 있는 담 거리Rue Des Dames와 그다음 블록인 르부뙤 거리Rue Lebouteux 사이에 있는 골목길에서 우연히 다시 크리스와 그의 어머니 엘리안을 만난 적 있다. 엘리안은 나에게 말했다. "우리에게 관심을 가져준 너의 나라와 너에게 감사한다."

C | 나는 일주일에 한 번씩 꼭 의사를 만나서 검사를 해야 돼. 마약을 했는지 확인도 받고 약을 받아와. 2000년에 내 형이 죽었는데 그 이후에 나는 정신적인 충격으로 심한 공황장애를 판정받았어. 직장에 다니는 일도 할 수 없었어. 그 이후로 주치의를 만나는 거야.

K | 너는 나한테 스스로가 철학자라고 소개했는데 전철역 근처에서 노숙자들과 항상 같이 있잖아. 그것이 너의 철학과 무슨 관련이 있니?

C | 우리는 길에서 누워 있기만 하는 건 아니야. 때때로 구걸도 하지만 카페에도 가고 쇼핑도 해. 에펠탑에도 가고. 건물을 짓는 데 가서 막노동도 해. 부자들은 일 안 하고 살면서 우리가 노는 걸 왜들 이상하게 보는지 모르겠어. 내 친구 모즈Moze는 그래피티 아티스트야. 홈리스지만 화가라는 거지. 그가 그린 그림을 파리 부자 여자인 아네스Agnès B.가 6천 유로에 샀는데 우리는 그 돈으로 파티를 했어. 물론 마약을 하는 친구도 있어. 하지만 나는 그 친구들과 인생을 보내는 게 좋아.

K | 경찰들은 홈리스들이 마약하는데 잡아가지 않아?

C | 몰라. 그 사람들도 알지만 포기한 거 같아. 그런데 나는 하시시는 한 번 했지만 코카인은 하지 않아. 형이 약을 하다가 죽었기 때문에 나마저 그러면 어머니가 미칠 거야.

K | 어머니가 계셔?

C | 응. 어머니인 엘리안Eliane이 나를 보살펴준다고 해도 과언이 아니야.

엄마는 마다가스카르에서 나를 낳았어. 거긴 중국인이 많은데 카페, 큰 제과점 등을 운영하는 부자들이 거의 다 중국인이야. 어머니는 아버지와 이혼하고 파리에서 사채 고리대금업을 하고 있어. 어머니는 내 여동생과 근처에, 네가 있는 집 골목과 가까운 블록에 큰 집을 갖고 있고 방을 임대하고 있어. 나는 종종 거기에 가서 식사를 하고 샤워도 하고 쉬기도 해.

K | 그럼 너는 진정한 노숙자는 아닌 거네? 난 네가 생라자르 역이나 롬 역 근처에서 노숙자들과 지내기 때문에 집이나 부모가 없는 앤 줄 알았어.

C | 아니야. 나는 보편적인 사회질서에 의문을 갖고 있고 그에 따르고 싶지 않을 뿐이야.

K | 너는 대학에서 철학 공부를 했니?

C | 나는 3년 전에, 그러니까 2011년에 대학 졸업시험을 통과했어. 프랑스 남부에 있는 몽펠리에 대학교Université de Montpellier에서 생물학을 전공했지.

K | 앞으로도 이렇게 살 생각이니?

C | 나는 38세야. 마흔이 되기 전에 어떤 결정을 내려야 한다고 생각해. 하지만 파리에서 계속 살 생각이야. 나는 에펠탑, 샤틀레, 몽마르트를 너무 좋아해. 내겐 세 살 된 아들 크날 아카Chnal Aka가 있어. 그애는 자기 엄마가 키우고 있어. 그들은 다른 지역에 살아. 우리는 서로를 괴롭히기 때문에 떨어져 지내고 있는데 1년 전에 한 번 만났어.

K | 너는 아프리카에서 태어났고 이슬람 종교를 가지고 있는 거니?

C | 나는 마다가스카르에서 태어났지만 프랑스 국적을 가지고 있고 크리스천이야.

K | 파리에 대한 불만을 말해줄래?

C | 글쎄. 세상에서 가장 아름다운 곳이 파리 아닐까? 나는 여기서 친구들과 마음대로 지내는 게 정말 행복해. 하지만 만약 내가 내일 죽는다면 나는 지금 당장 엄마와 같이 아버지의 고향 마다가스카르로 갈 거야. 그곳엔 소중한 내 아들이 살고 있으니까.

나는 인터뷰를 마치고 주섬주섬 선물을 꺼내 그에게 주었다. 한국산 담배 두 갑과 노트 한 권이 전부여서 손이 부끄러웠다. 성환도 맥주 몇 캔을 사왔다고 들었는데 그는 그걸 꺼낼 생각도 잊었는지 고개를 푹 숙이고 있었다. 눈물을 보이지 않으려고 그런 줄 그 순간엔 몰랐다.

코카인

어쩌다 택시 안에 카메라를 놓고 내렸다고 해보자

어디로 갈 것인가
북쪽 노선 마지막 정거장에서
더 부정적으로 생각해보자

크리스의 형은 과다복용으로 사망했지만 크리스는 약을 한다
비둘기, 우오오오오

어쩌다 140년 전에 지어진 건물에 방을 구했다고 해보자
그것도 하녀의 방이었던 5층 구석
나는 복도를 오가는 큰 쥐를 본다

크리스의 어머니는 다리미를 들고 있다
내 아들이 저러지 않게 네가 도와줘
그다음에 그녀가 뱉은 말은
여긴 전부 소독을 해야 돼

나는 휠체어를 타고 있다고 해보자
이 많은 계단을 어떻게 내려갈 것인가

우오오오, 제발 크리스
올라와 올라와

이상한 소굴에 방을 구한 건 여권을 분실한 것보다 낫다고 해보자
이 복도의 모든 창틀에서 환영을 보는 거라 해보자
신체적으로 나는

사실을 발설하지 않는 걸로 해보자
어쩌다 내 힘이 미치지 않는 범위 안에서
내 말이 흐름을 벗어나기를

계속적으로 내 인생에 갈림길이 생겨나기를
다음주에는 꿀색 엉덩이를 흔들며 클럽에 갔다

크루아상 세 개 가지고 크리스가 왔다
문짝을 차며 우오오오오
불가해하게 부푸는 세계를 이해할 수 있기를

—2015년 10월 27일, 밤에

프랑수아즈 위기에 Françoise Huguier

사진작가

일시 | 2015년 10월 25일 일요일 오후 4시.
장소 | 위기에의 작업실. 메트로 11호선 매리 데 릴라Mairie des Lilas 역에서 내려 20분 정도 걸어야 한다. 가난한 사람들이 살던 파리의 변두리로 황폐한 느낌을 주는 골목들이 많다. 그러나 최근에는 도심에서 이주해온 작가들이 점점 늘어가는 추세이다. 비어 있던 공장 건물이 아틀리에로 변신하기도 한다.
근처 가볼 만한 곳으로는 파리의 기념비적인 건축물이라 불리는 라빌레트 공원Parc de la Villette이 있다(메트로 11호선과 트램 T3b을 이용하면 22분 정도 소요). 공원의 산책로를 홀로 걷다보면 사랑하는 이와 다시 와야겠다는 결심이 맺힐 것이다. 아름다운 정원들과 아이들을 위해 조성된 놀이터 공간도 신비롭다. 예전에는 이곳이 도축장이었다는 사실이 믿어지지 않을 것이다.

사흘 전이었나? 재불 한국대사관 측에서 '한국의 날' 리셉션을 열었다. 이날코 대학교 한국학과의 파트리크 교수가 금박 문양이 찍힌 초청장을 주었다. 나는 파리의 유명 인사들이 모인다는 그 공식적 행사에 가는 게 부담스러워서 가지 않겠다고 했다. "저는 입고 갈 정장도 없고요, 그런 파티는 어색해서……" 파트리크 교수는 이미 참석자 명단에 이름이 있으니 크게 바쁜 일이 없다면 함께 가자고 했다. "당신이 만나서 대담해보고자 하는 프랑수아즈 위기에 씨도 참석할 겁니다. 얘기 나눌 수 있는 좋은 기회가 아니겠소?" 그 말에 귀가 솔깃해진 건 사실이다. 난 그녀를 최고의 사진작가라고 인정하니까. 열어본 초청장에는 내 이름이 적혀 있었다.

나는 그날 위기에 선생과 얘기를 나누었고 다음 주말에 점심 초대를 받았다. 그녀는 나에게 작업실로 와줄 수 있느냐고 물었다.

2015년 10월 25일 일요일 오후 4시 나는 위기에의 작업실 겸 거주지인 곳으로 갔다. 그 건물의 1층은 작업실, 2층은 주택으로 사용하고 있었다. 아주 크고 아름다운 공간이었다. 그는 다과를 준비하고 꽃을 테이블에 장식했으며 집안을 아주 깔끔하게 한 채 나를 맞아주었다. "이듬, 내가 한국식으로 차와 과자, 음식을 준비했어. 마음에 들어?" 그는 이사벨이라는 고양이를 안고 부드럽게 웃었다. 나는 그녀를 서너 번 만난 적 있지만 항상 엄격하고 차가운 인상을 가진 작가라고 생각했는데 굳어 있던 나의 긴장감이 풀렸다.

K | 담배를 많이 피우시는데 건강은 괜찮아요?

H | 요즘 많이 줄인 겁니다. 문제없어요.

K | 당신의 다른 인터뷰를 보니까 캄보디아 이야기가 나오던데 그 일이 당신의 트라우마인가요?

H | 내가 여덟 살이었고 오빠가 열두 살이었을 적에 베트콩에 납치되어 여덟 달 동안 감금되다시피 한 적이 있습니다. 아버지가 그곳에 고무나무를 심으러 가셨을 때 같이 간 거예요. 당시엔 인도네시아 반도가 프랑스 식민지였는데 아버지는 그곳 고무나무 농장의 관리를 맡으셨죠. 그곳에는 열세 살 정도의 군인들이 있었고 경직된 분위기였는데, 나는 다른 여자애랑 주방에서 자잘한 일을 도우며 시간을 보냈어요. 그러니 감금이란 말은

조금 어폐 같네요. 프랑스인 내 고향 발드마른으로 돌아와서 학교를 늦게 들어갔고 받아쓰기 같은 것도 늦었어요. 친구들은 나의 경험을 믿어주지 않았는데 나는 문화적 문제에 대한 혼동으로 나 자신에 대해 많이 생각하게 되었어요. 인생의 어떤 전환점을 조금 일찍 경험한 겁니다.

K | 당신은 영감을 얻으려고 특별한 노력이나 경험을 시도하나요?

H | 나는 언제나 호기심으로 충만해요. 마치 좀비같이 항상 알고 싶은 게 많죠. 엄마는 한 번도 나에게 자신의 나이를 가르쳐주지 않았는데 난 너무 궁금해서 엄마의 여권을 몰래 훔쳐봤어요. 어릴 때부터 궁금한 걸 참지 못하는 성격이었다는 거죠.

K | 당신은 유명한 사진작가인데 좋은 사진은 어떤 사진이라고 생각하세요?

H | 그건 너무 어려운 질문입니다. 내가 러시아 공동주택에서 찍은 작품 중에는 '욕조에서 뒷모습을 보이는 여성 사진'이 있어요. 다른 사람들은 그 사진이 최고의 사진 중의 하나라고들 하지만 난 동의하지 않아요. 앙리 카르티에-브레송Henri Cartier-Bresson은 "머리로 하는 사진은 좋은 사진이 아니다"라고 했는데 나도 같은 생각이에요.

K | 러시아 공동주택에서 작업하셨던 사진들에서 저도 아주 아리고 강렬한 인상을 받았는데요, 그 작업에 관해 얘기 좀 들려주시겠어요?

H | 10여 년 전에 러시아 북부 도시 상트페테르부르크Saint-Petersburg를 여행하다가 20세기 초 러시아 혁명기에 지어진 저소득층 공동주택을 발견

하고 그곳에 매력을 느꼈어요. 몇 년간 그곳을 오가다가 2001년 말부터 2002년 초까지 5개월 남짓 나는 그 공동 거주 시설에서 그들과 같이 생활했어요. 모든 구조와 시설이 같은 내부를 갖고 있는 그 건물은 이웃 간에 서로를 누구보다 잘 알 수 있게 했죠. 옆방에서 코고는 소리도 들릴 정도이니. 난 그들의 기쁨과 절망, 열정과 일상생활을 영상과 사진으로 담아냈어요. 2014년 6월부터 8월까지 마레 지구에 위치한 유럽 사진 전시관 Maison Européenne de la Photographie에서 사진전을 열었던 기억이 납니다.

K | 당신은 패션 사진도 찍었고 다큐멘터리 사진 작업도 했는데 어떨 때 작가로서의 보람을 느끼나요?

H | 사진은 속도, 즉 순간의 예술이죠. 다른 예술 장르처럼 시간을 들여 작업하는 게 아니라 예상치 못한 순간의 찰나에 완성되는 것입니다. 셔터를 누르는 그 흥분 상태는 내게 오르가슴입니다. 그 상태는 인생에서 빌려오는 거고 나 자신이 써내려가는 연필 같은 느낌이에요.

K | '파리지엔 파리지앵'을 피사체로 한 작품 모음도 있는데요, 그들을 한마디로 규정할 수 있을까요?

H | 나는 파리지엔느 하면 검은 여자가 떠올라요. 이 여자는 엘레강스하고 오래전부터 프랑스에 있어온 어떤 하나의 문화예요. 반면 한국 여자들은 같은 옷, 비슷한 스타일을 많이 따르는 것 같아요. 파리지엔느는 다른 국가와 다른 프랑스의 유일한 것, 유행과 무관하게 존재하는 미학 같은 겁니다.

위기에의 작업실 방문은 두번째였다. 작년 5월에 황지우 시인과 들렀을 때, 나는 그녀의 사진집 『Sur les traces de l'Afrique fantôme』(1990)부터 내가 제일 좋아하는 『Kommounalki』(2007)까지 거의 모두 찾아보느라 정신이 없었다. 3~4년 전부터 이름만 익히 알아온 위기에의 사진들을 보는 건 마치 개인적 누드 일기를 훔쳐보는 느낌이었다. "아니오, 나는 아무것도 후회하지 않아요" 에디트 피아프의 음성이 오래된 전축에서 흘러나오던 황홀했던 시간.

K | 당신은 한국에 대해서 꽤 많이 알죠? 내년 봄에 한국에서 전시를 열 예정인데 한국 사회의 어디에 포커스를 맞추었나요?

H | 2016년 3월에 서울역사박물관에서 서울에 관한 사진전을 개최합니다. 나는 한국의 '고통'에 관심이 있어요. 전쟁, 노인층, 나아가 케이팝 세대까지. 지난번에 서울역사박물관에서 김구 사진과 그의 생애를 보았는데 무척 감동적이었어요. 또한 카메라를 가지고 종로 거리와 지하철역 부근을 산책할 때 노인의 모습, 콜라텍, 철물점, 사라져가는 한옥 그런 것에서 어떤 문제의식을 느꼈어요.

K | 최근 한국은 역사 교과서 국정화 문제로 시끄러운데, 프랑스에서도 그런 일이 있었나요?

H | 프랑스에서도 그런 시도는 늘 있어왔어요. 어떤 권력자든 거짓의 역사를 쓰려고 세력을 부리죠. 한국은 늘 중국, 일본과의 관계가 밀접한데 한국만의 특유의 응집력이 시민들 사이에서 발현되어 사회의 민주주의를 이끌어낼 수 있을 거라고 생각해요.

K | 당신은 매우 강직해 보여요. 가끔 눈물을 흘립니까?

H | 나도 여잡니다. 감성적이라는 얘기죠. 한국에 갔을 때 트로트를 들은 적이 있었는데 나는 그 음악에 빠졌어요. 조금 다른 얘긴데 한국은 아주 깨끗하고 도덕적 요구가 심해요. 예를 들면 지하철에서 다리 벌리고 앉지 마라, 음식 먹지 마라, 임신부에게 자리를 양보하라는 경고가 있고 CCTV가 너무 많아 이런 규제 속에 창조 정신이 생길까 하는 의구심이 들었어요. 아,

다시 질문에 답하자면 난 여자이고 사진작가이므로 타인의 관심을 유도할 수 있는 흥미 있는 사람으로 보이고 싶어요.

K | 당신은 다양한 작업을 하고 있는데 예술 사진, 상업 사진의 구분에 대해서 어떻게 생각합니까?

H | 그건 구분이 없습니다. 다 똑같은 다큐멘터리 사진입니다. 나는 1968년에 창간된 『리베라시옹Libération』에서 초창기부터 일하면서 패션쇼 사진을 찍을 기회가 많았어요. 패션 사진 찍는 것도 디자이너가 만든 옷을 어떻게 표현할지 고민해야 하고 한 땀 한 땀 만든 그 가치를 현실적으로 보여주는 것이기 때문에 다큐멘터리와 크게 다르지 않다고 생각해요. 이들은 의심이 많은 것 같은데 그건 좋은 거예요. 계속 그 의심을 갖고 전진시켜야 합니다.

K | 자기의 예술적 자질을 의심하는 학생들에게 들려주고 싶은 말씀은 없으세요?

H | 무조건 많이 찍고 자신만의 자유로움을 가져라. 그 과정을 통해 너의 예술가로서의 길을 찾을 수 있다. 나는 그들이 유행을 따라가지 않기를 바랍니다.

K | 당신은 이곳에 남편과 함께 지내나요? 아까 나에게 차를 갖다준 분이 남편 맞죠?

H | 네. 남편 이름은 파트리스 위기에Patrice Huguier로 건축가였다가 화가가 된 케이스입니다. 우리는 서로의 작업을 존중하며 서로 도와줍니다. 1967년 결혼한 이래 나는 그가 없이는 아무것도 할 수 없는 사람이 된 거예요. 우리

는 진정한 동지입니다. 보통 예술가들은 가족의 성을 따라가는데 나는 남편의 성 위기에를 따라서 써요. 남편을 사랑하기 때문이기도 하지만 아버지와 크게 말다툼한 후 아버지 성을 버리고 남편 성을 따랐던 겁니다. 여자애들은 청소년기에 아버지와 많은 대화를 하는 게 자기를 형성하는 데 큰 영향을 미친다고 생각해요.

K | 당신은 다음 주에 바마코에 간다고 들었는데 무슨 일로 가나요?

H | 바마코에서 열리는 비엔날레Biennale africaine de Bamako에 참가할 목적이었는데 아쉽지만 못 가게 되었어요. 이명이 심해서 검사를 받아야 하는데 그다음날 출국이라 갈 수가 없죠. 바마코에는 병원 시설이 열악해서 거기서 쓰러지면 큰일이니까요. 바마코 비엔날레는 10회째이고 2년에 한 번씩 열리는데 작년엔 정치적 문제로 취소되었어요. 나는 아프리카 말리에 대해 각별한 생각을 갖고 있기 때문에 공동 창립자로 가담했습니다. 바마코는 프랑스의 식민지였는데 나에겐 어떤 빚진 느낌이 있어요.

K | 건강도 좋지 않은데 시간을 내주셔서 고맙습니다. 한국에서 전시회 기간에 만나도록 하겠습니다.

위기에의 전시회가 서울에서 열렸다. 2016년 3월 22일에 개막식이 있었는데 나는 그 자리에 참석했다. 최정례 시인도 오셨고, 나의 제자인 정다연 시인과 김대욱군 외에도 수많은 관객들로 붐비는 자리였다. 서울역사박물관에서 한불수교 130주년을 기념하는 공식 사업으로 준비한 '서울

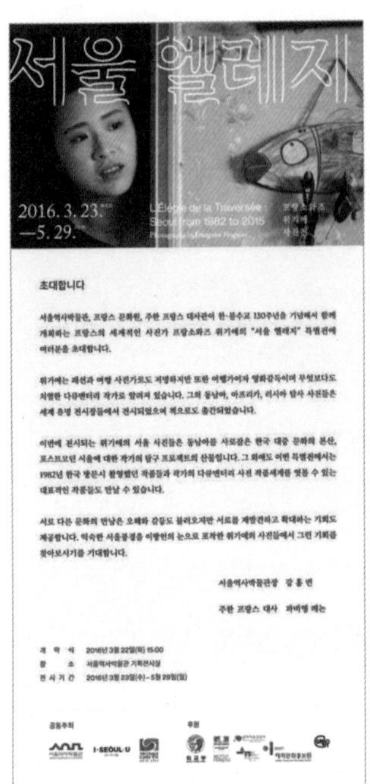

초대합니다

서울역사박물관, 프랑스 문화원, 주한 프랑스 대사관이 한·불수교 130주년을 기념해서 함께 개최하는 프랑스의 세계적인 사진가 프랑소와즈 위기에의 "서울 엘레지" 특별전에 여러분을 초대합니다.

위기에는 패션과 여행 사진가로도 저명하지만 또한 여행가이자 영화감독이며 무엇보다도 치열한 다큐멘터리 작가로 알려져 있습니다. 그의 동남아, 아프리카, 러시아 탐사 사진들은 세계 유명 전시장들에서 전시되었으며 책으로도 출간되었습니다.

이번에 전시되는 위기에의 서울 사진들은 동남아를 사로잡은 한국 대중 문화의 본산, 포스트모던 서울에 대한 작가의 탐구 프로젝트의 산물입니다. 그 외에도 이번 특별전에서는 1982년 한국 방문시 촬영했던 작품들과 작가의 다큐멘터리 사진 작품세계를 엿볼 수 있는 대표적인 작품들도 만날 수 있습니다.

서로 다른 문화의 만남은 오해와 갈등도 불러오지만 서로를 재발견하고 확대하는 기회도 제공합니다. 익숙한 서울풍경을 이방인의 눈으로 포착한 위기에의 사진들에서 그런 기회를 찾아보시기를 기대합니다.

서울역사박물관장 강 홍 빈

주한 프랑스 대사 파비앵 페논

개 막 식 2016년 3월 22일(화) 15:00
장 소 서울역사박물관 기획전시실
전 시 기 간 2016년 3월 23일(수)–5월 29일(일)

공동주최

후원

엘레지: 프랑수아즈 위기에 사진전'이었기 때문에 언론 보도 등 홍보가 잘 되었던 것 같다. 이 전시회는 5월 29일까지 진행됐다. 위기에의 작품들은 현재의 한국 사회를 여실히 보여주고 있었다. 이 첨예한 시선의 이방인은 지하철에 탄 피로한 표정의 시민, 가수가 되길 꿈꾸는 십대들, 개발 갈등을 빚고 있는 구룡마을의 주민들, 콜라텍에서 춤추는 노인들 등에게 초점을 맞추고 있었다.

전시장을 둘러보던 다연이 눈을 반짝거리며 나에게 와 속삭였다. "깜짝 놀랐어요. 저쪽 벽에 선생님의 시도 걸려 있네요." "봤어? 위기에가 초대시를 부탁해서……" 개막하기 한 달쯤 전에 미리 한국에 와서 전시를 준비하던 위기에는 내게 만나자고 하더니 전시회장에 나의 시 「시골창녀」를 사용할 수 있겠냐고 부탁했던 것이다. 나는 이재경 학예사에게 작품을 보냈고 그녀는 그 시를 불어와 영어로 병기하여 그곳에 부착하였다. 파리라는 공간에서 마주쳐 내가 인터뷰한 사람과 다시 한국에서 만나 이번에는 역으로 내가 훨씬 내면적인 세계를 고백해야 하는 어색하고 당황스러운 사건으로 받아들여졌다. 내게 있어 만남은 논리정연하게 계획대로 이뤄지는 것은 아닌데 아무리 사소

한 만남이든 아니든, 중요한 결과를 이끌어내든 아니든 그것이 존재를 가장 크게 변화시킨다는 보편적인 생각을 새삼 하게 된다.

안개가 해를 가린 아침

한번 울고 외운다
가야 할 골목의 이름
아직 아무것도 보지 못했다

너는 검은 외투를 입고 두꺼운 외투를 하나 더 입고
주머니에 손을 찌르고 걷는다
마음을 읽을 수 있는 눈이 생겨나
외롭다 경탄 없는 날들
비수기의 변두리 숙소처럼 아무도 없는

어젯밤 구겨 던진 종이에서 바스락거리며 소녀가 걸어나와 네 이름 부르는 것을 안다
그러곤 나의 창문을 열고 뛰어내렸다

아무도 없는데 들리는 소리는
혼들이 날아다니는 것인데
헛것이 아닌 게 보이는 눈은 외롭다
너는 아직 아무것도 보지 못했다

그러나 안개가 해를 가린 동안
설명한들 뭐하나 싶게 짙은 안개의 골목으로 걸어갈 때
눈을 감으나 뜨나 매한가지
걸음이 끝난 곳은 목적지를 비껴난다

사과 창고가 댄스홀로 바뀌었고
두 명의 재즈 기타 연주자가 마주보며 격렬히 음악을 만든다
그럴 거라고 짐작한다

헛것에 사로잡히지 않아 부질없는 너의 눈물
수도사가 만든 약초처럼 쓰고 신 눈물
보이지 않는 말더듬이의 노래를 듣고
시간의 기마병이 달려온다 아직
아무것도 보지 못한 나의 목을 자른다

—2015년 11월 11일, 정오 무렵

마담 리Mme Lee

아틀리에 드 마담 리Atelier de Mme Lee의 운영자

일시 | 2015년 10월 23일.(사진을 찍은 날)
장소 | 몽트뢰유에 있는 레스토랑 '아틀리에 드 마담 리'

'아틀리에 드 마담 리'를 한마디로 규정하기는 어렵다. 한국 식당이라고 말해도, 가난한 주민들의 사설 무료 유치원이나 쉼터라고 말해도 뭔가 부족하다. 자신을 단지 '마담 리'라고 소개하는 한국 여성이 운영하는 이 가게의 문을 열고 들어가면, 한국 사찰의 작은 암자로 들어선 것도 같고 소소한 공방에 들른 것 같은 느낌도 드는데 한지에 쓴 붓글씨들, 한국의 산과 강 등 자연경관을 소재로 그린 동양화들, 한국 탈과 인형들, 장독 같은 낯익은 사물들 때문이기도 하다.

나는 가엘과 여러 번 이 가게에 갔다. 그때마다 마담 리는 분주했다. 어느 날은 그 가게 안에서 식사를 하는 사람들로 꽉 차 앉을 자리가 없어 바깥 간이의자에 앉아 지나가는 사람들과 해 지는 풍경을 구경했고, 어느 날은 그녀가 흑인 아이들에게 종이접기와 노래를 가르치는 장면을 묵묵히 보았으며, 또 어느 날은 김치를 담그는 그녀를 도와 배추와 무청을 다듬었다. 그녀는 그 김치를 주변의 가난한 이웃들에게 나눠줄 거라고 했다. 나는 마담 리의 일상을 방해하지 않는 선에서 그녀를 인터뷰하려고 시도했지만 그녀는 "그저 파리 외곽에 묻혀 사는 아줌마를 인터뷰해서 뭐하게요? 차나 마시고 가세요"라고 말하곤 총총히 주방으로 들어가서 음식을 만들어 내오곤 했다. 경전을 읽듯 공들여 만든 음식으로 굶주린 사람의 위장을 채우는 것이 자기 삶의 목표라는 듯이. 나는 어릴 적 할머니가 만들어주신 된장국과 생선구이, 각종 전과 전병 등을 거기서 다시 맛보았고, 후식으로 생강차를 마시며 한국의 유명 한식집의 음식보다 맛있다고 사실대로 그녀에게 얘기해줬다.

마담 리는 상투적인 인터뷰를 통해 불특정 다수에게 자신의 신상을 털리고 싶지 않았던 걸까? 고국을 떠나 누구보다 고국을 그리워하고 염려하는 자기의 심정을 말로 다할 수 없었던 걸까? 나는 그녀의 태도를 존중했고 누구에게나 비밀이 필요하다는 것을 알고 있었다. 그런 그녀가 나에게 수시로 개인적인 메일을 보내곤 했다. 어떤 날의 이메일은 짧은 일기 같고, 어떤 날의 이메일은 한국에서 활동중인 남편 이강주 화백에게 쓴 편지일 때도 있었다. 열 통도 넘는 이메일 중에 하나를 여기 고스란히 싣는다.

어떻게 지내세요? 김이듬 시인님!

이곳은 벌써 완전한 겨울! 꼭 한국의 꽃샘추위처럼 비바람이 심하고 을씨년스럽고 프랑스 고양이 친구들 모두 콜록콜록 마담 리 집으로 찾아

듭니다.

목이 아픈데 좋은 차가 없냐고! 선생님도 맛보셨죠?

일명 '비타민 전사戰士차soldat vitamin thé'. 모든 것이 상업화되다보니 먹는 것도 믿을 수 없는 세상—결국 내 손으로 만들어 먹는 것이 가장 믿을 수 있기에 아이들 음료와 우리들이 마시는 차를 더 공부하고 있답니다.

오늘 자연식 강의로 나물밥과 된장 이야기로 수업을 하는데 마지막으로 약차를 가르쳐줄 생각입니다. 2013년 가을부터 시작한 제 음식 강의의 첫 수강생, 첫 제자들이 오늘 강의에 다시 참석합니다. 시간이 갈수록 조금씩 저도 음식에 대한 개념, 철학도 더 많이 생각하고 공부하다보니, 늘 부족하다는 생각이 들면서 더 열심히 만들어보고 먹고 먹여보는 작업이 중요하다고 느낍니다. 흙이 묻은 무와 비트, 그리고 파란빛의 홍당무 이파리를 다듬고 삶아서 쑥떡처럼 빚어내는 순간순간이 저에게는 마치 시인이 단어 하나하나를 다듬고 또 다듬어 시를 짓는 과정과 같다고 느낍니다. 따뜻한 불에 참깨를 솔솔 볶으면서, 차가운 바람에도 아침부터 일을 하는 많은 노동자와 단돈 천 원을 벌기 위해 하루종일 서서 손님을 기다리고 소리를 지르며 장사를 하는 시장의 상인들에 비하면 요리사가 얼마나 행복한 노동자의 삶인지 감사하기도 하구요.

아주 어릴 때의 파리줌마의 꿈: 나처럼 몸이 약한 사람들을 고쳐주는, 멋진 하얀 가운을 입은 의사가 되어야지! 하지만 중학생 때 이미 산수와 수학이라는 어려운 문턱에서 낙담하고 결국 이룰 수없는 꿈으로 포기하고…… 한국에서 살아온 삶과 다시 이곳에서 새로 만들고 맛보는 어머니와 여성이란 나의 현주소까지 모진 풍파도 있었지만 지탱하고 다시 일어날 수 있는 힘이 된 것은 절대 포기하지 않는 저의 자아가 있었기 때문이 아닌가 생각해봅니다.

일곱 살! 제 아들 꼬마 태민이의 나이에 아버지를 잃었지요. 죽음이 무엇인지도 모르는 나이였기에 몇 밤 자면 아빠가 돌아온다고 생각하고 늘 기다렸어요. 모든 이들이 홍겨워하는 크리스마스이브날…… 이 세상에 아기 예수가 태어난 날! 나의 사랑하는 아빠는 세상을 떠났어요. 땅도 강도 꽁꽁 얼어붙는 한겨울의 이브에 죽음을 모르는 철부지 딸은 늘 아빠를 기다리고 산타를 기다렸지요. 하지만 일어나면 제가 걸어놓은 양말은 늘 비어 있었고, 네 명의 자식을 남기고 떠난 아빠의 자리엔 엄마 혼자 남아 세상과 맞서 있었지요. 가끔은 생각합니다. 어린 시절의 궁핍과 외로움이 세상을 사는 바이러스 면역제처럼 흔들리지 않고 다시 저의 자리로 돌아와 살 수 있는 힘과 용기가 된 게 아닌가 하고요. 그렇게 감사할 때도 많습니다. 어린 시절엔 미국이나 유럽이 아니라 조그마한 대한민국이란 나라에, 또 서울도 아닌 경주의 시골에서 자라는 콤플렉스가 많았어요.

경상도 영천 출신인 아버지는 결혼을 하기 위해 경주에 오셨어요. 작은 마을에서 평생 땅을 사랑하고 일구는 맛을 멋으로 알았던 농부의 딸과 결혼하기 위해 땅을 샀지요. 젊고 잘생기고 훤칠하고 언변이 좋은 청년을 우리 외할아버지와 일가친척들은 정말 좋아했답니다. 아버지는 영천에서도 두 시간을 넘게 걸어야 도착하는 진짜 두메산골에 숨어사는 황씨 집안의 둘째아들이었지요. 나중에 제가 대학원에 진학하고 외국으로 떠나게 될 때 평생 처음 가본 저의 조부모님의 산소에서 동네분들을 통해 저의 할아버지가 일제강점기에, 창씨개명과 정신대…… 참 무시무시한 시대에 자식들을 제대로 키우면서 시골의 무지한 농부들과 어린아이들에게 서당을 열어 한글과 역사를 가르친 고마운 어르신이란 것을 알게 되었어요. 청소년기를 거치면서 저도 나름 많이 아팠고 방황했답니다. 특히 가난의 대물림에 대해서. 아버지가 없는 우리집! 초등학교 전교회장, 중고등학교 반장…… 늘 조직의 대표를 맡고 남들의 뒤치다꺼리에 바쁜 언니. 혈액형 AB형, 감수성이 남달라서 신경질도 장난이 아닌 두 동생 틈새에서 혼자서 많이 생각하고 늘 외톨이처럼 지냈던 시간들. 열심히 바깥에서 일하시는 엄마. 엄마도 아빠도 없는 집에서 동생들을 돌보고, 여덟 살 고사리손부터 겨울이면 손을 호호 불면서 준비한 아버지 제사상 차리기…… 저에게 아버지는 공백이었고, 제대로 살뜰하게 불러보지도 못한 아빠!라는 단어는 늘 가슴에 사무치는 그리움이었지요. 아버지가 남긴 마지막 기록, 집안의 족보와 두툼한 『유럽인의 지성』이란 책과 많이 읽어서 너덜해진 문고판 프랑스 문학—이 책에서 어린 진아는 플로베르와 빅토르 위고라는 프랑스 작가의 이름을 알게 되고 결국 이 책은 제 인생을 프랑스 문학으로 이끌게 된 구심점이 되었다고 봅니다.

아버지에 대한 기억!!

퇴근하고 오시면 바깥세상의 찬바람과 따뜻한 붕어빵을 안겨주시며 입

마담 리를 마지막으로 만난 10월 23일이다. 그녀에게 작별 인사를 하려고 나는 '아틀리에 마담 리' 문 앞에서 그녀를 기다리고 있었다. 그녀는 자신의 가게에서 무료로 일을 돕고 있는 흑인 아저씨와 인근 시장에서 장을 보고 오는 길이었다.

맞춤할 때 느꼈던 까칠까칠한 아빠의 수염…… 제가 제일 그리운 남성에 대한 첫사랑의 감성의 시작은 우리 아빠의 파릇파릇 보실보실 멋진 턱수염이었지요. 아빠는 저를 진아! 살찐이(고양이)라고 불러주셨어요. 제 성이 황씨이고 진이니까 금세 아버지가 왜 저를 진이라고 부르셨는지 잘 알겁니다. 제 이름은 밝을 명에 참 진을 쓰는 명진이지요. 어릴 때는 '황진이'라고 놀림을 많이 받아서 내 이름을 이 모양으로 지어준 아빠를 많이 원망했어요. 두 아들의 엄마가 되고 오십을 바라보는 나이가 되어서야 알았습니다. 이왕에 여자로 태어났으면 여성스러운 감성도 알고 지성과 예술적 재능도 갖춘 뛰어난 멋진 여인이 되라는 뜻이었음을……

김선생님! 제가 왜 이렇게 이국땅에서 열심히 우리 아이들과 엄마와 아빠 없이 자라는 어린아이들에게 관심이 많은지 이제 조금은 아시겠지요? 벌써 11시! 오늘 강의하려면 열심히 몽트뢰유의 사원에 가서 약이 되는 신선한 야채들을 사와야겠어요. 선생님도 동네 슈퍼에서라도 키위와 사과를 잘게 썰어 꿀과 섞은 후 뜨거운 물을 붓고 마지막으로 레몬과 박하 잎을 넣어 비타민차를 드셔보세요. 목 아플 때와 피로 회복에 많이 도움이 될 겁니다. 다시 연락드릴게요. 시간 되시면 매일 쓰는 파리주신(마담리는 그녀의 남편을 '파리주신'이라 칭한다:김이듬 설명) 메일도 한번 읽어보세요. 저의 일상입니다.

다른 땅과 하늘을 바라보지만 마음을 나눌 수 있는 당신이 있어 모두 행복했으면 하는 바람을 글로 써봅니다.

—파리에서 마담 리 드림

오늘의 식단, 마른 바게트에 푸성귀. 정오에 샌드위치를 만들어 씹으며 나는 이 꼭지를 정리한다. 복도 공사는 끝나지 않았고 금속 가루 같은 먼지가 아름답게 휘날리는 방안을 둘러본다. 실패한 기분이다. 계속 어긋나며 실패하게 하소서. 나는 인터뷰이라는 거울을 통해 나를 바라보았다. 건강한 아웃사이더를 만나도 그 거울 속엔 신음하는 내가 있다. 인터뷰라는 형식의 창으로 그들을 찌른 것이 아니길 바랄 뿐이다.

생존자

우리는 다시 만날 수 있을 거야

그날 늦게
연안이 보이는 숲속에 해가 질 때
노을에 뺨을 맞대며
말했지 나는

지금 같다면
바로 지금 같다면

그리하여 그는
정장을 차려입고 시가 전차를 타고 와
매일 같이 그녀의 단골 카페에서 기다렸을 것이다
가진 보석을 팔았을지 모르지

전혀 변하지 않았구려
하얀 수염의 사내가 더 늙은 여자의 손등을 만지고 있다

카페 마르코에서 나는
에스프레소 한 잔을 두고 그들을 본다
내가 기다리는 이는 오지 않고
늦은 저녁을 앞지르는 눈보라

우린 다시 만나게 될 거야
뱉은 말에

가장 청순했던 아가씨는 환청에 실신했던 밤들을 겪었고
상냥했던 심장의 창이 무너져 절망을 위한 노래마저 접었던 날도 있었으리라
그리하여 지금
과거의 한순간이 지금이어서
광기의 시계는 그날에 맞춰졌다

오, 나는 바로 지금조차 배겨내질 못하는데
대부분의 지금은 방금으로 끝나는데

바로 내 곁에서 숨을 거두고 묻힌 사람들처럼
시간을 멈추어 가만히 영원으로 순간을 만드는 늙은 연인이여

바로 지금 차 한 잔 더 주문하는 나는 살아 있는가

사랑을 떠나 종전을 만들었으니

불과 천일하고 하루 만에 부리나케 불타던 창문을 잊었으니

—2015년 12월 24일, 오후에

위성환

사진작가

일시 | 2015년 10월 27일.
장소 | 프로방Provins—일드프랑스. 프랑스 국철SNCF P선을 타면 파리 동역에서 1시간 20분 정도 소요된다. 2001년에 유네스코 세계유산에 등재된 중세 요새 도시이다. 여유롭게 둘러보아도 서너 시간이면 충분한 마을이다. 파리의 번잡함을 벗어나 조용히 걷고 싶은 하루가 있다면 추천하고 싶다.

모든 인터뷰를 마친 기념으로 위성환과 나는 한나절의 소풍을 떠나기로 했다. 우리는 기차를 타고 프로방에 갔다. 기분과 달리 돌도 강물도 뒹구는 누런 낙엽들도 찬란하게 빛났다. 작은 숲길을 따라 오래된 성곽으로 걸었는데 옛날에 활을 쏘기 위하여 만든 높은 성벽의 구멍들은 이제 새떼들이 앉아서 쉬는 그들만의 폐허가 되어 있었다.

"따라다니느라 힘들고 재미없었지?" "그럴 리가요!" 걸으며 얘기하다가 나는 즉흥적으로 성환을 인터뷰해도 재미있겠다는 생각이 들었다. 정작 나는 그를 잘 몰랐다. 그러나 어차피 그의 사진들이 책에 실릴 거니까, 그 작품들이 그를 더 잘 드러내줄 거니까 인터뷰는 단순하고 간결하게. 우리는 벤치에 앉아 두서없이 이런저런 얘길 나눴다.

김 | 그동안 수고 많았다. 일로만 만나다가 오늘 특별히 시간 내어 야외로 나오니까 한숨 돌릴 수 있어서 좋구나. 위성환 작가의 사진은 오늘 내가 찍어주겠어. 같이 다니면서 인터뷰이들의 사진을 찍었는데 특히 누가 인상적이었니?

위 | 우리 동네 친구 크리스를 인터뷰할 때 보람을 느꼈어요. 늘 길거리에 누워 노숙자들과 아무 생각 없이 노닥거리는 사람인 줄 알았는데 사연이 많은 친구더군요. 그의 얘기를 들으며 하마터면 눈물이 날 뻔했어요.

김 | 너는 언제 유학을 왔니?

위 | 올해가 2015년이고 한 해가 벌써 다 가고 있네요. 4년 전에 워킹홀리데이 비자로 와서 한인 식당에서 일하며 공부를 시작했어요. 지금 다니는 학교는 베르사유 보자르École des Beaux-Arts de Versailles의 사진학과예요.

김 | 여자친구도 없는 것 같던데 외롭지 않니?

위 | 작년 8월에 여자친구와 헤어진 후 학업에 더 몰두하게 되었어요. 사진을 다루는 일이 나의 호흡 같아요. 숨을 쉬고 있다는 느낌이 든다는 말이죠. 부산외대에서 인도어를 전공하다가 인도로 배낭여행을 떠났는데 거기서 사진에 끌렸어요. 미놀타 카메라로 마구 사진을 찍었죠. 그곳에는 사람들이 쉽게 모델이 되어줬어요. 귀국한 후 자퇴하고 유학을 왔어요.

김 | 생활비는 어떻게 충당하니?

위 | 프랑스에서는 국가에서 보조해주는 학생 주택 보조금 알로까시옹 제도가 있어요. 그게 도움이 되고, 대만인 친구가 운영하는 사진 스튜디오

"파리에 가면 위성환을 꼭 만나보세요." 나의 탱고 선생인 하재봉·이인영 부부가 말했다. 그때가 2014년 겨울이었나? 2015년 초봄이었던가? 환절기였다. 충무로에 있는 지하 밀롱가에서 탱고 잡지에 실린 그의 사진을 처음 본 그즈음은.

에서 프리랜서로 일하며 대만에서 오는 커플들 웨딩사진을 찍어주곤 하는데 짭짤한 수입이 돼요. 한류의 특혜를 받고 있는 걸 느껴요.

김 | 졸업을 하면 귀국할 거니?

위 | 아직 진로를 결정하지는 못했지만 파리 매그넘 포토스Magnum Photos의 멤버가 되고 싶어요. 그 회사에는 전 세계적으로 60여 명의 포토그래퍼가 있고 아시아인으론 인도, 일본인이 있지만 한국인은 아직 없어요.

김 | 너에 대해 소개를 해줄래?

위 | 내 습관은 말하고 난 뒤에 허허 하고 웃는 거고, 키는 182센티미터, 몸무게는 74킬로그램, 내가 쓰고 있는 카메라 기종은 캐논사의 Full Frame 5D MARK II예요. 빗소리 들으며 커피 마시는 거, 미드 〈왕좌의 게임〉도 보고, 이란 영화 같은 거 보는 걸 즐겨요. 파리 생활 중엔 노천카페에서 멍 때리고 있는 시간이 제일 좋고 제 나이의 한국 친구들이 가장 바쁘고 크게 성장하는 시간인데 나는 그렇게 치열하게 살지 않지만 이 괴리를 즐기고 있어요. 그리고 탱고를 좋아해서 밀롱가에서 춤도 추지만 틈틈이 사진을 찍고 있어요. 그러나 세상에서 가장 좋아하는 건 사진 찍는 겁니다. 풍경도 좋지만 인물을 찍을 때 가장 재밌어요. 그래서 이번 인터뷰 작업은 내 인생의 비할 데 없이 큰 기억으로 남을 것 같습니다. 고맙습니다.

레몬은 노랗지 않다

백화점에는 흑인 경호원이 있고
숙소 앞 슈퍼마켓에도 흑인 경비원이 있다
파리 사람들은 검은 피부의 남자들을 보안용 일꾼으로
사람들에게 두려움을 불러일으키는 이미지로 소비하는 것 같다

나는 황인종이다 아시아 여성 오늘에야 실감하다니
파리에서 태어난 남자는 나를 옐로북 넘겨보듯 한다
색깔이 다른 도자기에 손을 대는 것처럼 내 피부를 만져본다
아홉 그루의 체리 나무가 있는 정원으로 초대받아 우리가 점심을 먹으면서 음식에 맛을 더하려고 노란 레몬을 잘라 뿌릴 때
그는 내가 레몬 같다고 했다

외국 화폐나 기념일 우표가 아니다 내가

체리나무의 열매에 반해 사다리를 놓고 신속하게 딴다
그가 장난감 내리듯 내 몸을 안고 사다리에서 떼어놓으려 한다 난
곡예사처럼 나뭇가지를 쥐고 소용돌이친다

그의 기름진 흰 얼굴을 향해

태권도 배운 적도 없는데 나의 발길질은 왜 이리 날렵한가

누구도 활기 넘치는 내 몸짓에 손뼉 치지 않는다

여러 국적의 친구들이 각기 다른 언어로 비슷하게 해석한다

레몬처럼 상큼하다는 말이잖아

사다리가 위험해 보여서 그랬을 거야

담배 연기로 가득찬 객차처럼 옛날이야기처럼

그렇게 젊었던 세계에 사는 것처럼 나는 과민하게 반응하는 경향이 있을지도

—2015년 6월 10일, 대낮에

epilogue

뼈 악기

우울한 음색의 여자는 손가락 마디를 꺾는다. 구 악절의 노래여, 철금 소리 휘파람 분다. 외롭거나 긴장할 때 몸은 찬 악기와 흡사해, 생상스는 '죽음의 무도'에 실로폰을 사용하여 달그락거리는 뼈를 환기시켰다고 한다. 생강 같은 소리, 악기를 감싼 붉은 가죽이 너덜너덜해진다. 완전한 결부는 없다. 긴 터널 빠져나와 햇빛 속으로 달리는 기차 안에서 오그라든 마음, 지팡이에 입맞춤하는 시간, 당신의 뼈로 나의 잔뼈들을 두드릴 시각이 다가온다.

파리에 세 번 다녀왔지만, 나는 아직 파리를 잘 알지 못한다. 2004년 겨울에 배낭여행 가서는 인증 샷을 찍으러 온 사람처럼 사흘 동안 에펠탑, 노트르담 대성당, 개선문, 몽마르트 언덕 그리고 루브르와 오르세 미술관으로 급히 돌아다니다 베를린으로 넘어갔다.

두번째, 세번째 방문을 통해 이 책을 집필하게 되었다. 그 도시에서 지낸 기간이 넉 달 남짓인데 뭘 좀 아는 사람처럼 쓴 건 아닌지 돌이켜보게 된다. 좋아지는 건 시간이 결정하는 문제가 아니라는 말로 설명할 수 있을까? 가령 "사랑하고자 마음먹으면 사랑에 빠진다"는 대사를 〈사랑해, 파리Paris, je t'aime〉에서 들은 적 있는데 그 영화처럼 파리의 20구를 돌아다니며 나는 사랑을 찾고자 했던가? 아마도 나는 '사랑'의 동의이어인 '사람'을 찾아 헤매었던 것 같다.

"이 세상에서/ 죽는 건 어렵지 않네/ 그보다 힘든 것은/ 사는 일"(「세르게이 예세닌에게」)이라고 노래했으나 결국 "장님이 되어가는 사람의 마지막 눈동자처럼 고독"(「나 자신에 관하여」)에 사무치어 권총 자살로 생을 마감한 블라디미르 마야콥스키의 심정을 누가 이해할 수 있을까마는 나는 외로움을 피해서 더 외로운 곳으로 떠다녔던 것 같다. 외국으로 나다니면서 배부른 소리라고 욕할 이도 있겠지만, 사실이 그러하다. 나는 나 스스로가 도망자이면서 떠밀려 쫓겨난 추방자인 양 굴었던 걸 반성해야 한다. 한국 사회에 절망하며 비통해하는 이들을 두고 그지없는 슬픔에 빠진 이들을 팽개치고 나는 견디지 못한 채 회피했던 건 아닌지.

그러나 니체가 말한 '당위의 의무'에서 '자유 의지'로의 헤매기를 말하는 수학자부터 국가나 공적 지원금 없이 자신이 평생 번 돈을 가난한 예술가와 나누는 전직 비행사, '한국'을 번역하는 번역가 등을 만나면서 나는 파리를 파리답게 만드는 것이 무엇인가를 어렴풋이 알게 되었다. 노숙을 하면서도 파리가 세상에서 가장 아름답다고 말하는 이가 있었고, "사람들은 에펠탑이, 퐁네프 다리가 멋지다고 하는데 난 전혀 그렇게 느껴지지 않는다"는 시인이 사는 파리. "내 몸에서 똥냄새 나지?" "몰라. 안 나는 것 같은데" "나는 알제리에서 파리로 숨어 들어와서 무국적자로 오래 살았어. 먹고살려고 하수구 청소를 시작했거든. 넌 파리 하수도가 얼마나 큰지 알아? 마치 지하 도시 같은데, 난 거기서 15년 동안 똥오줌을 치웠어. 목까지 오는 똥물을 헤쳐 걷다보면 팔뚝만한 쥐들이 우글거렸어. 병에 걸리지 않으려고 매일 약을 한 줌씩 삼켰어. 재밌지?" 파리 변두리에 있는 허름한 바 '무지개L'ARC EN CIEL'에서 이런 말을 하는 멋쟁이 할아버지 웨이터가 있는 곳. 그곳에는 자신과 거의 모든 것이 다른 사람일지라도 멸시나 분개, 원한의 감정을 드러내지 않는 정도의 기본은 있었다.

나는 인터뷰에 목숨 건 사람처럼 돌아다닌 것 같지만 실제로 인터뷰한 시간은 길지 않다. 예상해보면 알 수 있듯이 한 사람과의 인터뷰는 길어야 서너 시간이었고 어떤 사람과는 채 한 시간도 되지 못해 끝나기도 했다. 예기치 못한 사정으로—가령 인터뷰이가 흔쾌히 약속을 했으나 부득이 급작스레 외국에 가야 하거나, 인터뷰 도중에 감정이 상하여 내가 일어나버리거나—공중에 붕 뜬 날들도 있었다. 그런 어떤 날에 나는 마레지구의 메르시Merci에 꽂힌 책을 뽑아 보며 커피를 마셨다. 흐린 날만 계속 되던 10월의 어느 하루, 톱으로 해를 써는 것처럼 햇살이 떨어지던 날에는 센 강변에 한나절 앉아 있다가 두 병에 10유로 하는 와인을 사가지고 숙소로 들어가서 마시다 토하고 다시 마셨다. 왜 그랬는지, 아마 미쳤었나보다. 파리를 떠나기 이틀 전에는 페르라셰즈 공동묘지를 다시 돌아보며 묘비에 적힌 죽은 이름을 백 명 정도는 불렀던 것 같다. 그럴 이유가 없었다.

내가 조금 더 적극적이었으면 나와 친분이 있는 안느(Anne Segal, 연극배우), 장뤽(Jean-Luc Piano, 뮤지션), 최정우씨와 걷다가 극장 올랭피아 Olympia 앞에서 우연히 만나 그의 음반까지 선물 받았던 시메옹(Simeon Lenoir, 가수)과 인터뷰를 했을 것이다. 하지만 나는 안 되면 안 되는 대로 어려우면 어려운 대로 흘러가게 내버려두었다. 우체국에 가서 편지를 부쳤으나 도착하지 않는 것까지는 어쩔 수 없다고 생각하는 식이었다. 그들은 자신의 이름이 인터뷰이로 책에 실리지 않은 걸 보면 서운해 할 것이다. 김민정 시인에게 계약금을 미리 받고 출간하기로 한 날짜보다 무척 늦게 마무리하게 되었다. 시원찮은 영어 실력으로 녹취를 푸느라 시간이 걸렸고 더 솔직히 말하면 나의 게으름으로 지연되었다. 애초에 불완전을 예상한 불가능한 시도였는지 모른다.

나는 아직 나비고Navigo를 가지고 있다. 다시 파리에 가게 되면 그 교통카드를 충전하지 않고 더 많이 걸어보겠다. 파리는 전철역과 전철역 간격이 좁아서 어떤 곳은 걷는 게 지하철로 달리는 것보다 빠르다.

이 책에 참여해준 24인에게 비할 데 없는 감사를 전하고 싶다. 나는 그들을 통해 타인에게 방해가 되지 않는 선에서 최대한 자유롭게 사는 법 이상의 인생을 배웠다. 이제 실천할 일만 남았으나……

사족

작가님!

안녕하세요?

그때 말씀해주신 거 잠깐이었지만 정말 감사드린단 말씀하고 싶었어요 ~~ 파트리크 모뤼스 교수님 연락처는 받았는데 막상 작가님 연락처는 모르더라구요. 그때 대사관 파티에서 그렇게 수고한다고 말씀해주신 분은 김이듬 작가님밖에 없으셔서 감동받았어요. ㅠㅠ 그다음날 다리가 아파서 학교를 안 가긴 했습니다. ㅋㅋㅋ 말씀하시는 걸 들으니 정말 파리 경험 제대로 하고 계신 거 같았어요. ㅎㅎㅎ 소음이랑 사람들. ㅎㅎㅎ 곧 슬로베니아로 가셔서 또 좋은 경험하시길 바랄게요!! 나중에 파리 사람들과 인터뷰하는 거 엮은 책이 나오면 알려주세요. 꼭 찾아서 읽어볼게요!!! 나중에 가능하다면 예술 문화 기획하는 일을 하고 싶은데 그때 꼭 김이듬 작가님을 인터뷰하는 영광을 주세요.

파리가 많이 추워지고 있어요,, 그럼 남은 파리 생활 건강하게 보내시길 빌게요~~^^*

좋은 하루 되세요!!

정혜원 드림

JUNG Hyewon

(보낸사람 : 정혜원 15.10.21 20:31 〈idumkim@daum.net〉; Wed, 21 Oct 2015 20:31:58)

싸가지 없고 오지랖만 넓은 내가 아주 조금, 손톱의 반달만큼 변화했다는 증거를 뻔뻔스레 옮긴다. 바위를 옮기듯 변화의 수레바퀴를 돌려 '건너가고', '몰락하는' 그 과정을 통해 최초의 움직임으로 새롭게 세계를 바라보겠다는 개인적 선포라고 하자.

걸어본다 08 | 파리
모든 국적의 친구

초판 1쇄 인쇄 2016년 7월 1일
초판 1쇄 발행 2016년 7월 15일
지은이 김이듬
펴낸이 염현숙
편집인 김민정
편집 김필균 도한나
디자인 한혜진
마케팅 정민호 박보람 이동엽 배규원
홍보 김희숙 김상만 한수진 이천희
제작 강신은 김동욱 임현식
제작처 영신사
펴낸곳 (주)문학동네
임프린트 난다
출판등록 1993년 10월 22일 제406-2003-000045호
주소 10881 경기도 파주시 회동길 210
전자우편 blackinana@hanmail.net 트위터 @blackinana
문의전화 031-955-2656(편집) 031-955-8890(마케팅) 031-955-8855(팩스)
문학동네카페 http://cafe.naver.com/mhdn

ISBN 978-89-546-4172-2 03810

이 도서의 국립중앙도서관 출판예정도서목록(CIP)은 서지정보유통지원시스템 홈페이지(http://seoji.nl.go.kr)와
국가자료공동목록시스템(http://www.nl.go.kr/kolisnet)에서 이용하실 수 있습니다.
(CIP 제어번호 : CIP2016015866)

www.munhak.com